金田一探案集⑫

本阵杀人事件

〔日〕横沟正史 著　　于壮 译

南海出版公司

新经典文化股份有限公司
www.readinglife.com
出　品

目录

本阵杀人事件

三指男人

动笔写这篇稿子时，我想再去看一眼那座发生恐怖案件的房子。于是在一个早春的午后，趁散步的时候，我一手拄着拐杖，信步走出家门。

我于去年五月疏散到冈山县的农村。从那以来，村里的许多人都对我讲过一柳家的妖琴杀人案。

一般说来，人们知道我是侦探小说家后，总会把自己见到、听到的杀人案告诉我。这个村子的人也不例外。然而他们每个人对我说的都是这个故事，可见这起案件给村里人留下了多么深刻的印象。而且，他们中的大多数人还不知道这个故事真正的恐怖之处。

总体而言，人们告诉我的绝大多数案件本身没有讲的人想象的那么有趣。至少，我以前还没有遇到过能写进小说的案件。但这起案件不同。我第一次听到关于这个故事的只言片语时，就觉得非常有意思。不久，我从了解事情来龙去脉的朋友那里知道了事情的真相，瞬间被一种莫可名状的兴奋包围。那和普通的杀人案完全不同，凶手有着绵密的计划，而且相当于“密室杀人”。

大凡自诩为侦探小说家的人，一定想接触一次的就是密室杀人案。在一个凶手进出皆不可能的房间里发生杀人案，侦探巧妙地将其解决，这对作者来说有着无限的吸引力。因此，大部分侦探小说家一定会触及这个题材。按照我尊敬的朋友井上英三的说法，狄克森·卡尔的作品都是密室杀人的变形。我既然忝居侦探小说家之列，当然也想有朝一日能直面这个诡计。如今得来全不费工夫，这样看来，对于那个用恐怖方法砍碎一男一女的凶恶无耻的凶手，我也许还必须表示由衷的感谢。

最初听到事情真相时，我马上在记忆中读过的小说里寻找相似的案件。我首先想到的是勒鲁的《黄色房间的秘密》，然后是勒布朗的《虎牙》、范达因的《金丝雀杀人事件》和《狗园杀人事件》、狄克森·卡尔的《瘟疫庄谋杀案》，另外还有作为密室杀人的一种变形的、罗杰·斯嘉丽的《天使家杀人案》。但是，这些小说和这次的案件都有所不同。凶手阅读了这些小说，将其中的诡计进行分解，从中找出自己需要的元素，再拼接出一个新的诡计——这样想也不是没有道理。

从相似程度来说，《黄色房间的秘密》也许和这起案件最为相似。但相似的不是事情真相，而是现场气氛。这起案件发生的房间没有黄色的墙纸，立柱、天花板、横木和防雨窗全都涂上了铁丹红。这一带涂铁丹红的房子不少，我现在住的这间就是。但我住的房子非常古老，与其说是红，不如说泛着黑色的光。而发生案件的房间当时刚刚上过色，呈现出极其鲜艳的红色。榻榻米和拉门都是全新的，还摆放着金屏风。房间里，男女二人倒在血泊之中，这景象给人留下了强烈的印象。

这起案件还有一个让我兴奋的异常要素。那是一张由始至终和案件有着千丝万缕联系的琴。据说每当发生意外，人们都会听到粗暴的琴声。对于我这样还保有些浪漫主义情怀的人来说，这具有多大的魅力！密室杀人、红色房间，再加上琴声，我如果不把这个故事写出来，真是有辱侦探小说家的名声。

话题有些扯远了。从我家到发生案件的一柳家府邸，步行大约需十五分钟。那里的全称叫冈田村山谷地区，从名字可以看出，是个三面环山的小村落。低矮的山脉像海星的触角一样延伸至平地，一柳家宽敞的宅子就在山脚下。

这座突出的小山西侧有一条小河，东侧是一条小路，越过山顶可以到达久代村。小河和小路延伸至平地后不久就交会在一起。一柳家拥有被小河和小路分割出来的不规则三角形土地，约两千坪[①]。也就是说，一柳家北面靠着突出的小山，西面被小河阻拦，东面对着通往久代村的小路。不用说，正门是朝东开的。

我首先走到正门前观察。离开小路稍走几步，就有一扇镶着门钉的黑色大门，两侧竖着气派的围墙，向左右延伸约两百米。从门外向里窥视，里面还有一堵内墙，可以看出是个大户人家。内墙里面就看不到了。

我转到宅邸西侧。沿着小河一路北上，在一柳家围墙的尽头有一架坏了的水车，水车北侧有一座土桥。我走过桥，爬上宅邸北侧的山崖，钻进茂密的竹林。站在山崖边缘向南望去，宅邸内部一览

---

①日本计量房屋和土地面积的单位，1 坪约为 3.3 平方米。

无余。

最先映入我眼帘的是正下方偏院主屋的屋顶，屋顶下面就是发生了恐怖案件的所在。听人们说，这是一柳家的祖先建造的隐居所，里面只有两个小房间，分别约八叠[1]和六叠。可毕竟是隐居所，房间虽小，院子却很精致，由南向西还配有单调的树木和观赏石。

偏院的情况后面会详细叙述。越过偏院远望，是一柳家的主屋，巨大的平房坐西向东。再远处不规则地排列着二房的住所、土墙仓库和储藏室。主屋和偏院之间被一道竹篱笆隔开，只有一扇柴门可以出入。现在，竹篱笆和柴门都已面目全非，但在案发时是全新的，非常牢固，听到惨叫后从主屋赶来的人们曾一时被挡住。

这样就大致看完了一柳家的格局。随后我走出竹林，来到位于村口的村公所。村公所在村子南端，附近人家相对稀少，由此向南是川边村。村公所和川边村之间是大片大片的田地，田地间有一条三米半宽的道路。沿着这条路走上四十分钟，可以到达火车站。坐火车来的人要想进入村子，必然要走这条路，也必然要经过村公所前。

正对着村公所的是一户门面宽敞但装修简陋的人家，原来是马夫们光顾的小饭馆。这里就是和一柳家杀人案有着重大关系的、不可思议的三指男人最先到达的地方。

那是昭和[2]十二年十一月二十三日的黄昏，即案发两天前。

小饭馆的老板娘坐在屋外的马扎上，正和相熟的马夫以及村公所的职员闲谈。这时，在刚才提到的那条路上，一个人从川边村方向啪嗒啪嗒走了过来，在小饭馆前停下脚步。

---

①日本计量房屋面积的单位，1 叠约为 1.62 平方米。

②日本裕仁天皇在位期间使用的年号，时间为 1926 年到 1989 年。

“劳驾，我问个路。去一柳家的府邸该怎么走？”

正在说笑的众人听到这句话，一起看了看来人的打扮，然后面面相觑。大概是那人寒酸的样子和气派的一柳家实在太不协调了。那人戴着一顶满是褶皱的宽边帽子，帽檐压得很低，还戴着大口罩。帽子下面露出乱蓬蓬的头发，从下巴到脸颊长满了杂乱的络腮胡子，不由得让人觉得形迹可疑。他没穿外套，上衣裹得很紧，浑身沾满污垢，肘部和膝盖处的衣服都磨得发亮。两只鞋也都开着大口子，落满灰尘，磨得发白。他看起来非常疲惫，年纪大概三十岁。

“一柳？一柳家就在那个方向。你，找一柳先生有什么事吗？”

那人发现村公所的职员紧紧盯着自己，像被晃到似的眨了眨眼睛，隔着口罩不知道说了什么。

就在这时，那人刚刚走过的路上飞驰过来一辆人力车。老板娘提醒道：“哎，你要找的一柳家的家主正好从那边来了。”

坐在车上的是一个约四十岁、肤色稍黑、不苟言笑的人。他穿着黑色西服，正襟危坐，一直目视前方，绝不瞥向两侧，棱角分明的脸庞和高高的鼻梁给人一种难以接近的印象。

这就是一柳家的家主贤藏。车子载着他从众人面前经过，消失在不远的拐角处。

“老板娘，一柳家的家主要娶新娘，是真的吗？”车子看不见之后，马夫问道。

“真的，后天就举行婚礼了。”

“啊？这也太急了。”

“夜长梦多嘛。无论怎么反对，他都坚持到底。那人认定的事，九头牛也拉不回来。”

“说得也是，毕竟人家是了不起的学者啊。可是老夫人不是很赞成吧？”说话的是村公所的职员。

“当然不赞成了，可事到如今只好同意了。越反对，那人越固执。”

“一柳家的家主多大了？有四十岁？”

“刚好四十岁，而且还是第一次恋爱呢。”

“中年人的恋爱，可比年轻人还热烈呢。”

“据说新娘二十五六岁。好像是果园主人的女儿，算是钓上个金龟婿。老板娘，她真有那么漂亮吗？”

“据说也没那么漂亮。但是她在女子学校当老师，应该很有才华。大概是这点被看上了。以后的女孩子，不受教育可是不行啊。”

“老板娘也去女子学校上学，钓个金龟婿吧。”

“我看也行。”

三人哈哈笑着，刚才问路的那人小心翼翼地插了一句：“老板娘，麻烦能给我一杯水吗？实在是渴了……”

三人吃惊地回头看向那人。他们已完全忘了他的存在。老板娘用怀疑的目光打量着他，但马上端来一杯水。那人道谢后接过玻璃杯，稍微移开口罩。一瞬间，三人不由得面面相觑。

那人的右脸有一道长长的疤痕。也许是受伤后缝合的，从嘴唇右端直到脸颊有一道深深的伤口，看起来就像是嘴巴裂开了一样。他戴口罩并非因为患了感冒或为防尘，而是为了掩盖伤口。另一点让三人觉得可怕的，是那人拿着杯子的右手。他的右手只有三根手指——小指和无名指少了一半，完整的只有拇指、食指和中指。

三指男人喝了水，郑重地道谢，便啪嗒啪嗒向一柳家的方向走去。三人不由得面面相觑。

“什么啊，这是……”

“他找一柳先生能有什么事？”

“那家伙真恶心！那样的嘴！我不会再用这个杯子了！”

老板娘确实不打算再用这个杯子，把它收进了柜子的角落。这给后来的案件调查帮了大忙。

喜欢在故事中探索、推断的各位读者，读到这里，你们应该已经明白我将要说的事：弹琴只要三根手指就够了。只用拇指、食指和中指这三根手指，就可以拨动琴弦……

本阵的后裔

听村里的老人说，一柳家虽是这一带的有钱人，但以前并不是这个村子的，因而气量狭隘的村民对一柳家的态度并不太好。

一柳家原先是对面川边村的人。川边村以前地处交通要道，江户时代[1]曾设有驿站，一柳家就是驿站的本阵。到了明治维新[2]之际，家主有先见之明，在幕府尚未瓦解时就搬到了这里，趁着当时一片混乱，花了极少的钱买下土地，不久就成了大地主。由此，村民们背地里称一柳家为“上岸的河童成了精”，大概是暗讽一柳家从川边村搬到冈田村山谷地区。

发生那起恐怖案件时，一柳家住着以下几个人：

首先是上一代家主的遗孀系子老夫人，当时五十七岁。尽管到了这个年纪，她每天仍一丝不苟地挽着一个大大的发髻，在所有场

---

①日本德川幕府统治的时代，时间为 1603 年到 1868 年。

②明治是日本睦仁天皇在位期间使用的年号，时间为 1868 年到 1912 年。明治维新即睦仁天皇即位后所推行的改革运动。

合都保持着本阵后裔的威严和自豪。村里人说的老夫人，指的就是她。

糸子老夫人有五个孩子，当时只有三个住在这里。长子贤藏毕业于京都某私立大学的哲学系，年轻时在母校教过两三年书，因患了呼吸系统疾病，后来一直住在乡下的家里。他是个酷爱学习的人，回乡后也不怠慢研究工作，既有著作，也时时向杂志投稿，是这一带相当知名的学者。此人到了四十岁还没结婚，与其说是考虑到健康问题，不如说是只顾着学习，无暇顾及此事。

贤藏之下有妹妹妙子和弟弟隆二。妙子嫁给了一个公司职员，当时在上海，所以和此案毫无关系。隆二是医生，当时在大阪的一所大医院上班,案发当晚也不在家。可他在家里出事后马上就回来了，不能说完全无关。他当时三十五岁。

糸子老夫人生下隆二后，很长时间都没有再生孩子，本以为就这样了，结果十年后又生了一个男孩，过了八年又生了个女孩，这就是三郎和铃子。当时三郎二十五岁，铃子十七岁。

三郎是兄弟里最不长进的，中学念到一半就不去了，跑到神户的私立专修学校，中途又被退学。当时他什么也不做，在家混日子。脑袋倒不笨，但没有常性，多少有点儿狡猾。村里人都看不起这个青年。

最小的孩子铃子非常可怜。也许是因为父母到了老年才生下她，她就像长在背阴处的花朵一样,体质虚弱且神经敏感,智力也很有限。但在某些方面，比如弹琴，倒是有一些天赋，还时常有非常敏锐的发现。但总体来说，她还不如七八岁的小孩。

长房就是以上几人。一柳家的府内当时还住着二房一家。二房的主人叫良介，是贤藏等人的堂兄弟，当时三十八岁。老婆叫秋子，有三个孩子。孩子们都和这个恐怖的故事无关，因此按下不表。

良介和贤藏等人属于完全不同的类型，只念到小学毕业，却精于算术，长于人情世故，因而成了一柳家的管家。比起孤僻的长子、不在家的次子和靠不住的三子，糸子老夫人好像和良介更谈得来。而秋子是个对丈夫言听计从的平凡女人。

长房二房合计六人，即糸子老夫人、贤藏、三郎、铃子、良介和秋子。在传统保守的氛围中，六人尚能维持平稳无事的生活，但贤藏的婚姻问题激起了巨大的波澜。贤藏的结婚对象是在冈山市的女子学校任教的久保克子。全家人都反对这桩婚姻，原因不在于克子本身，而是克子的家世。

诸位应该知道，如今在城市里，“家世”这个词基本已经灭绝，但在农村还时常听到，活力不减，依然支配着万事万物。自战败以来，社会动荡，农民对地位、身份及财产不再像以前那么看重，这些东西在逐渐崩溃。可是家世没有崩溃，对良好家世的憧憬、敬慕和自负到现在还支配着农民。他们所说的良好家世，并不是优生学或遗传学上的优良血统，而是指在幕府时期代代侍奉大名或有过一官半职。这样的人家即使连续出现遗传病，也被视为家世良好。现在尚且如此，昭和十二年时，把本阵的家世看得比什么都重要的一柳家如何重视家世的尊严，自然无须赘言。

久保克子的父亲曾是村里的佃农。但这个佃农多少有些骨气，放弃了农村的生活，和弟弟二人跑到美国闯荡。他们在美国的果园工作，攒了几万元。回国后，在距离村子约四十公里处，兄弟二人用在美国学来的知识建了一座果园。二人因此结婚都很晚，哥哥有了克子后，不久就死了。克子的母亲待丈夫一死就回了娘家，因而克子是由叔父养大的。克子是个非常喜欢学习的姑娘，叔父在对她的教育上也绝不吝惜金钱。从东京的女子高等师范学校毕业后，克子在故乡附近的冈山市的女子学校工作。

克子的父亲和叔父共同经营的果园非常成功，叔父非常郑重地保存着克子的那部分钱，所以她担任女校的老师并非生活所迫，纯粹是出于自己的意愿。她颇有财产。可在一柳家看来，无论受了多少教育、多么聪明、有多少财产，佃农的孩子就是佃农的孩子。她不过是没有姓氏、没有高贵血统的平民百姓久保林吉的女儿。①

克子主办过仓敷地区年轻知识分子的聚会，请贤藏来演讲，因而相识。后来，克子一有看不懂的外语书，就去向贤藏请教。经过一年多的交往，贤藏忽然决定要和她结婚。

前文已述，全家人都反对这件事，最反对的自然是糸子老夫人和良介。兄弟姐妹中，妙子给哥哥寄了一封表示强烈反对的信。与此相反，隆二给母亲写了封信，说哥哥一旦说出口就不会收回，还是按照哥哥的意思办为好。但他对贤藏什么都没说。

面对周围一片反对，贤藏如何应对呢？他始终一言不发，绝不反驳。结果水能克火，反对者渐渐声嘶力竭、步伐紊乱，最后只得苦笑耸肩，承认自己完全失败。

这样，洞房花烛定于这一年的十一月二十五日。就在那晚，发生了恐怖的事情。

现在想想，有一些小事可以当成这起案件的前奏曲。所以在说案件之前，我先说两三件琐事。

---

①在明治维新前，日本人的姓氏由朝廷赏赐，只有具备一定身份的人才有。

案发前一天，即十一月二十四日下午，在一柳家的客厅里，糸子老夫人和贤藏表情沉闷地喝着茶。铃子在旁边专心致志地给玩偶穿衣服。这个女孩到哪儿都是一个人玩，很少有能打扰她的事。

“话虽如此，可毕竟是家里世世代代的规矩啊……”糸子老夫人完全败给了儿子，因而说这话的时候还有些畏缩。

“可是，妈，隆二结婚的时候不是也没做吗？”贤藏看都不看母亲递过来的荞麦包，苦着脸抽烟。

“因为他是老二，和你可不一样。你是要继承这个家的人，克子是你的媳妇，所以……”

“可是克子一定不会弹，要是钢琴也许还行。”

二人争执的问题是这样的。一柳家从几代前开始，凡是继承家业的人结婚时，新娘都要在酒席上弹琴。琴是一柳家的祖先传下来的，曲目的来历和琴的来历一样，也有一个复杂的故事。现在问题是马上要成为新娘的克子是否会弹琴。

“妈，事到如今才提出来，也太无理取闹了。要是事先说好，克子还可以练一练。”

“我提这个不是给婚礼泼冷水，你要是认为我想让克子出丑，可就不好了。但是，家规毕竟是家规……”

两人马上要陷入僵持，一旁专心玩着玩偶的铃子忽然扔过来一根救命稻草。“妈妈，不如让我来弹琴吧？”

糸子老夫人瞪大眼睛看着铃子。贤藏闻言露出了苦涩的笑容。

“这样也好，这件事就拜托铃子了。妈，铃子来弹该不会有人反对吧？”

糸子老夫人似乎已经同意，侄子良介忽然走了进来。“铃子，你在这儿啊。看，你要的箱子做好了。”

那是一个和柑橘箱子差不多大小、刨得很平整的白木箱。

“良介，这是什么？”糸子皱了皱眉头。

“是阿玉的棺材。本来想用柑橘箱，铃子不同意，说用那么简陋的箱子，阿玉就太可怜了。我好不容易才做了一个。”

“阿玉确实很可怜啊。堂哥，谢谢你。”

阿玉是铃子的爱猫，好像因为食物中毒吐了两三天，在这天早上终于死了。

糸子老夫人皱着眉头，看了看白木箱，忽然话锋一转：“良介，让铃子弹琴怎么样？”

“伯母，应该可以吧。”良介淡淡地说着，吃起荞麦包来。贤藏扭过脸抽烟。

这时，三郎走了进来。“呀，铃子，箱子不错嘛，你找谁要的？”

“三郎最坏了，净骗人，从来没兑现过。这是堂哥给我的，漂亮吧？”

“哎呀，还是不相信我。”

“三郎，你剪头发去了？”糸子老夫人看着三郎的脑袋。

“啊，刚刚去的。妈，我在理发店可听到一件奇怪的事。”

糸子老夫人没有说话，看着三郎，三郎却转身面向贤藏。

“大哥，你昨天傍晚坐车从村公所那儿经过，对吧？那时在小饭馆那儿，你看到一个奇怪的人了吗？”

贤藏微微扬了扬眉毛，吃惊地看着三郎，没有回答。

“三郎，奇怪的人是怎么回事？”良介吃着荞麦包问道。

“那个啊，说起来就恶心。从嘴到脸，有这么大的一个伤口。而且右手只有三根手指。拇指、食指和中指……据说那家伙向饭馆的老板娘打听咱家的事。哎，铃子，你昨晚看到那样的家伙了吗？”

铃子抬头默默地看着三郎，然后一根一根地伸出拇指、食指和中指，同时口中念念有词，好像是在模仿弹琴。

糸子老夫人和三郎默默地看着铃子的手势。良介低头剥着荞麦包的皮。贤藏仍在自顾自地抽烟。

响琴

所谓本阵，是指幕府时代大名们在参拜将军的路上居住的驿站，即公家承认的旅馆，以前建得很豪华。此处和东海道不同，来往的大名不多，规模也相对略小，但毕竟是本阵。

以本阵后裔自居的一柳一家，家主结婚想必是非常奢华的。据给我提供这个故事的朋友说：“所有类似的仪式，乡下都比城里铺张，更别说一柳家这样的家世了，而且还是继承人的婚礼。新郎一般要穿麻质礼服，新娘则要穿雪白的长罩衫。客人有五十、一百人都是很正常的。”

然而事实上，这次婚礼是在极小的范围内举办的。新郎一方除了家里人，就只有川边村的大叔公，贤藏的弟弟隆二也没有从大阪回来。新娘一方只有叔父久保银造一人出席。

婚礼的场面极其凄清，但招待村里人的宴席却并非如此。一柳家是这一带的大地主，交往既多，也有不少雇工和佃农。这些人不管主家如何，往往通宵畅饮。

十一月二十五日婚礼当天，帮忙的人们往来不断，一柳家的厨房异常混乱。傍晚六点半左右，正是厨房最繁忙的时候，忽然从后门进来一个人。

“对不起，请问老爷在吗？要是在的话，请把这个交给他……”

在灶旁烧火的用人阿直老婆婆回头一看，是一个戴着破烂宽边帽的男人。帽檐压得很低，上衣到处是破洞，裹得很紧。一副大口罩几乎把整张脸都遮住了，怎么看都显得可疑。

“找老爷有什么事吗？”

“嗯，把这个交给老爷就行了。”

来人左手拿着折得很小的纸片。事后阿直对警察这样描述：“那人可真奇怪，手指全都弯着，食指和中指夹着一张纸，好像是患了麻风病似的……对，右手一直插在兜里。我也觉得奇怪，想看看他的脸，结果那人忽然一扭头，把纸强塞给我，慌慌张张地从后门跑了。”

当时厨房里还有很多人。谁都没有想到，此人对后来的事有多大的意义，因而也没有人特别注意。

阿直拿着纸片发呆的时候，二房的秋子急匆匆地走进来。“喂，谁知道我家那位去哪儿了吗？”

“二房的老爷刚才好像出去了。”

“那就没办法了。正忙呢，不知他还磨蹭什么。如果看到他，让他快点儿换衣服。”

阿直说了刚才的事，把叠好的纸交给了秋子。像是从袖珍日记本上撕下来的小纸片。

“给大哥？啊，是吗……”

秋子微微皱了下眉头，不以为意地随手塞进腰带，走出厨房，到客厅寻找。糸子老夫人正在那里和女帮工一边说话一边更衣。穿着宽袖和服的铃子在一旁摆弄描金的华贵的琴。

“伯母，大哥呢？”

“贤藏？怕是在书斋吧。啊，秋子，你过来帮我系下衣带。”

糸子老夫人刚穿好衣服，穿着和服式棉袍的三郎慢吞吞地走了进来。

“三郎，怎么还穿着这种衣服……刚才跑哪儿去了？”

“在书斋呢。”

“一定又去看侦探小说了。”铃子和着琴声说道。

“看看侦探小说又没什么。倒是铃子你，猫的葬礼结束了吗？”

铃子默默地弹着琴。

“还没有就快去做，猫的尸体如果一直放着，会变成妖怪的。”

“得了，三郎真坏。阿玉的葬礼今早就结束了。”

“什么啊，真不吉利。三郎你说话也注意点儿。”糸子老夫人皱着眉头责备道。

“三郎，你大哥在书斋吗？”

“没有，可能在偏院吧。”

“秋子，见到贤藏，让他快点儿准备，马上就要见新娘了。”

秋子离开客厅，向偏院走去，丈夫良介趿拉着木屐，穿着便服，不紧不慢地从偏院那边走来。

“你在干什么呢？不快一点儿换衣服就来不及了。”

“别瞎说。新娘八点钟才来，着什么急。你要去哪儿？”

“去偏院找大哥……”

贤藏果然站在偏院主屋的外廊上，呆呆地望着天空。他看到秋子后说道：“弟妹，好像要变天啊。嗯？这是给我的……啊，是吗？”他把叠得很小的纸片拿到电灯下阅读。

“秋子，这究竟是谁拿来的？”

秋子正在整理壁龛上的插花，觉得贤藏的声音不太一样，回头一看，贤藏正咬牙切齿地俯视着她。

“那个……阿直拿给我的，说是一个流浪汉模样的人。大哥，有什么不对劲儿吗？”

贤藏瞪着秋子，很快又意识到了什么，转过脸去，又把目光落到纸片上，然后马上撕成了碎片，四处看了看，找不到一个能扔掉的地方，只得塞进了和服袖子。

“那个，大哥，伯母让你早点儿准备……”

“好。对了，秋子，麻烦你把防雨窗关一下。”贤藏说完走出了偏院。

这时是七点左右。一小时后，新娘在媒人夫妇的陪伴下到来，婚礼正式开始。在这里，我尽可能简单描述一下婚礼的状况。

如前所述，参加婚礼的只有少数几个人。糸子老夫人、三郎和铃子兄妹、良介夫妇以及川边村七十多岁的伊兵卫大叔公，这是新郎一方的出席者。新娘一方只有叔父久保银造一人。媒人是这个村的村长，但只是形式上的。

合卺之礼圆满结束后，那张黑漆描金的华贵的琴被搬出来，和事前说好的一样，由铃子负责弹奏。铃子在别的事情上都不如同龄的孩子，唯独在弹琴上颇有造诣。弹奏者和琴相得益彰，为当晚的仪式锦上添花。

在婚礼上弹琴已是独一无二了，铃子弹的曲目更是闻所未闻。

新娘克子觉得非常奇特，糸子老夫人便解释了这张琴的来历。一柳家几代之前的女眷中，有一位是弹琴的高手。有一次，某位大名的女儿要出嫁，西行途中住在一柳家的本阵。当晚，这位弹琴的高手给大名的女儿弹了一曲自己作词作曲的《鸳鸯歌》。大名的女儿非常喜欢，第二天就赠给她一张名为鸳鸯的琴。从那以来，在一柳家继承人的婚礼上，新娘必须弹琴。刚才铃子弹的曲目就是《鸳鸯歌》，用的琴就是鸳鸯。

听完，新娘克子不禁瞠目结舌。“也就是说，刚才应该由我来弹，对吗？”

“是的。可是不知道你会不会弹琴，不好勉强，就由铃子代替了。”

克子默不作声，代她说话的是叔父银造：“那样的话，如果事先告诉我们，克子也是能弹的。”

“姐姐，你会弹琴？”

“小姐，以后这位姐姐就能和你一块儿弹琴了。还可以教你弹呢。”

糸子老夫人和良介对视了一眼。这时贤藏从旁边插了一句：“那这琴就由克子保管吧。”

老夫人没有马上回答。一屋子的人脸色都有些不对，救场的是老于世故的村长。

“新娘要是有这样的才艺，也应该请她来演奏。老夫人，待会儿在偏院不是还有一场仪式吗？让新娘再弹一曲，您看怎么样？”

“是啊，那就让新娘再弹一次吧。《鸳鸯歌》铃子已经弹过了，随便弹点儿什么都行。你拿手的或者喜庆的曲目……毕竟，新婚之夜由新娘弹琴是这个家的家规嘛。”

正因为有这样的插曲，克子后来又弹了一次琴。

九点刚过，婚礼圆满结束。紧接着，后院和厨房里开始了丰盛的筵席。

新婚之夜对于新郎和新娘往往是一种考验，在乡下尤为如此。贤藏和克子陪着两处的客人直到深夜。

厨房里的下人们一喝起酒，就开始唱荒淫的歌曲。后院里倒没有这么过分，只有大叔公伊兵卫喝得烂醉如泥，撒起酒疯来。

此人是贤藏和良介的祖父的弟弟，年轻的时候就分了家，一般称他为川边村新家的叔叔。此人有老年人的通病，特别唠叨，而且酒品恶劣是出了名的。他本来就不赞成这桩婚事,借着酒劲儿发牢骚，不断冲新郎新娘说些令人不快的话。他不顾众人的劝阻，过了十二点还坚持要回家。

“三郎，你去送送他。”贤藏一直把伊兵卫的唠叨当耳边风，见他坚持要回去时，担心夜路危险，交代三郎陪他回去。

把伊兵卫送出大门，一行人才吃惊地发现，外面下起了大雪。这一带不常下雪，当夜的雪却积了十厘米有余，因而人们非常惊讶。事后想来，这场雪在那起恐怖的犯罪中起到了非常微妙的作用。

这个暂且不提。新郎新娘来到偏院，在那里喝交杯酒，是午夜一点左右。良介的妻子秋子后来这样描述那夜的情形：

“我和女佣阿清两个人把那张琴搬到了偏院，然后举行了仪式，参加的只有伯母和我们夫妇。三郎送新家的叔叔回去了，铃子已经睡了。是的，仪式后，克子弹了一曲《千鸟》。琴后来放在壁龛上，义甲盒放在壁龛的角落里。嗯，壁龛旁边的百宝阁上到底放没放那把刀，我确实记不清了。”

合卺之礼结束时已约莫两点，众人留下新郎新娘，回到主屋去了。

那时雪仍下得很大。

两个小时后，人们听到了恐怖的惨叫，还有莫可名状、怪异粗暴的琴声。

大惨剧

久保银造在一柳家为他安排的和室里刚一躺下，就感到非常疲惫。这也难怪。他为这次婚礼花了太多的心力。

银造太清楚农村保守的想法和习惯了。不管从哪个方面想，他都隐隐对这对新人的结合感到不安。一柳家曾经是他家的地主，克子嫁到那里真会幸福吗？银造也有些摸不准。

可这是克子自己决定的，而且银造的妻子也说："要是大哥还活着，肯定会高兴的。能嫁到一柳家，这不就是出人头地了吗？"

克子的父亲林吉比银造年长几岁，因此日本旧式的习惯和阶级观念对林吉的影响更大一些。如果哥哥活着也会高兴吧……银造本来不太满意这桩婚事，但这样想来，也不得不同意了。

事情一旦定下来，银造反而比克子更热心。

不能让克子感到难堪。为了不让一柳家的亲戚在背后指指点点，银造花尽了心思。毕竟是在美国历练过的人，他对所有事都全力以赴，非常有效率，金钱方面绝不吝啬，从京都、大阪的和服店里不断买来新衣服。

“哎呀，叔叔你送我这么贵重的东西，这让我如何是好。”

克子又吃惊又感激，银造觉得一番心思没有白费。

身着新衣的克子从村长家来到一柳家的时候，真是光彩夺目。随行的嫁妆之气派也被村里人议论了好长时间，连趾高气扬的一柳一家也瞠目结舌。银造感到无比满足。

“哥哥要是在也会满意吧。哥哥一定会替克子高兴。”这样小声说着，银造不禁胸口发热，自然而然地掉下眼泪来。

厨房那边还在痛饮，乡间小曲唱个不停。银造觉得吵闹，怎么也睡不着，但翻了几次身后，终于有些朦胧睡意了。不知过了多长时间，似睡非睡的银造忽然睁开了眼睛，仿佛听到了异常的惨叫。

银造一下子从床上坐起来。这不是梦。和刚才一样的惨叫，分不清男女，一声、两声，莫可名状的恐怖惨叫划破了深夜的寂静。与此同时，传来咚咚咚的踩踏地板的声音。

是偏院！注意到这一点时，银造已经把胳膊伸进了衬衫袖子。他在睡衣外罩了一件长袍，拧开电灯看了看手表，时间刚好是四点十五分。

正在此时，琴音响起。

喀啷喀啷喀啷喀啷！铮！铮！好像有人在胡乱拨弄十三根琴弦，紧接着啪嗒一声，好似拉门倒地的声音，然后就恢复到死一般的寂静。

厨房的筵席好像已经结束了。

银造感到强烈的不安，打开了防雨窗。雪已经停了。天空中细线般的月亮放着冷光。被雪覆盖的庭院像铺着一层棉花，蓬松而柔软。

这时，银造看见一个人影踏雪走来。“谁？”他厉声问道。

“啊，老爷，您也听到刚才那个声音了吗？”

银造不认识来人。此人是下人源七。“我听到了。怎么回事？你等一下，我也去。”

银造在长袍外面又披了一件大衣，穿着木屐踏进雪地。旁边也传来打开防雨窗的声音，糸子老夫人露出头来。

“是源七吗？那边那位是谁？刚才的声音是怎么回事？”

“是琴声，妈妈。”铃子也从母亲的袖子底下向外窥视。

“我也不清楚，好像听见喊救命的声音。”源七正瑟瑟发抖。

银造踩着雪，咯吱咯吱地向柴门走去。这时良介正一边系腰带一边从南面的二房那边跑过来。

“伯母，怎么回事？刚才……”

“良介，你去偏院看看。”

银造摇了摇柴门，发现里面上了门闩，怎么也弄不开。良介用身体撞了两三回，柴门看起来很脆弱，其实非常结实。

“源七，拿斧子来！”

“是。”

正在源七回去拿斧子的时候，偏院又传来叮、叮、叮的声音，好像在拨动琴弦。紧接着又响起好似摩擦空气的嘣嘣声，琴弦好像断了。

“这到底是什么……”

白雪映照之下，每个人的脸色都很苍白。

“源七，磨蹭什么呢？快把斧子拿来！”

源七把斧子拿来时，老夫人和铃子，以及其他下人都赶来了。

良介的妻子秋子来得较晚，但拿来一盏提灯。

一下、两下……源七挥舞着斧子，合页终于被砍断，柴门无力地倒了下去。良介见状抢先跳进去，被银造一把拉住肩膀。

银造站在柴门前面，环顾着偏院的院子。“没有脚印。”他小声说着转过头，“大家都待在原地，你和这个人跟我来。”他指着良介和源七。“小心点儿……尽量别把雪踩乱了。夫人，请把提灯借给我。”

在这危急关头，身份和阶级都烟消云散了。人们被银造不可思议的人格力量压倒，没有人提出异议。只有良介对这个佃农出身的人的命令心有不满。如果他这时知道对方不是普通百姓，而是一个历尽千辛万苦闯荡美国，还上过美国大学的人，不满大概也会缓和。

走过柴门，左侧是一道方格篱笆，透过篱笆可以看到偏院里积雪如棉，没有被踩乱的痕迹。偏院主屋里好像点着灯，从防雨窗上面的楣窗里透出明亮的灯光。

偏院的大门向东，三人首先来到那里。大门由红色的格子门和板门组成，格子门里面上了锁，无论推拉都纹丝不动。良介和源七一边啪嗒啪嗒敲着格子门，一边大声喊贤藏，但里面没有回应。

银造的脸色逐渐变得难看。他离开大门，翻过篱笆，走进南面的院子。另外两人也跟了过来。红色的防雨窗关得严严实实，良介和源七拍打防雨窗，轮流喊贤藏的名字，但依然没有回应。

三人最后来到偏院的西侧。忽然，良介发出奇怪的声音，止步不前。

“嗯？怎么了？”

“那……那个……”

良介颤抖着伸出手指，银造和源七不由得倒吸了一口凉气。偏院主屋西侧不到两米远的地方有一个巨大的石灯笼，石灯笼下突兀地插着一把日本刀。

源七见状急忙走过去，马上被银造拉了回来。“不能碰！”

银造提着提灯向树丛中看去，没有类似足迹的痕迹。此时，良介正依次检查防雨窗，每扇都从里面锁上了。

“老爷，从楣窗往里面瞧瞧吧。”

“嗯，你去看看。”

偏院主屋西侧突出来一块，里面是厕所。厕所和防雨窗形成的直角空地上有一个石质洗手池。源七站上洗手池，透过防雨窗上面的楣窗向里望去。

这个楣窗后来成了案子的关键，因此在这里一次说清楚。门框的横木上面架了一根粗梁，梁木并未削成四方形，而是一根自然形状的原木，只是削了皮，在必要的部分用刨子刨过。所以有的地方和门框严丝合缝，有的地方和门框之间有相当大的缝隙，这个缝隙就是楣窗。缝隙装不下防雨窗或小拉门，最宽的地方也只有十五厘米左右，人自然绝对不可能爬进去。在故事的一开始我就讲过，门框也好，梁木也好，防雨窗也好，都涂成了红色。

源七从楣窗向里张望。

“这边有一扇拉门开着。壁龛旁边的采光窗和……屏风倒向了这边。屏风后面我看不见。”

三人继续叫贤藏和克子的名字，依然没有回应。

“没办法了，砸破防雨窗吧。”

偏院主屋的防雨窗是一扇一扇咬合在一起的，不可能只把其中的一扇砸破。

源七走到柴门外拿斧子，银造和良介留在原地等待。这时从后面的山崖上传来人的脚步声，二人急忙从洗手池旁边跑出来。

“谁在那儿？”

厕所前立着一棵大樟树，樟树另一侧传来声音：“这不是二房的老爷吗？”

“啊，是周吉。你在那儿干什么？”

“刚刚听到奇怪的声音就跑过来了。原来是老爷您在说话……”

“周吉是谁？”

“是在水车小屋里舂米的人。我家里的用人。”

如前所述，一柳家西侧有一条小河，那里有一间坏了的水车小屋。当时水车还没坏，雇工周吉每天早早地就来舂米。这让整件事越发神秘了。

为什么这么说呢？

“周吉，你说你听到声音马上从小屋跑过来，当时看到奇怪的人影了吗？”

对于银造的问题，周吉是这样回答的：“没，谁都没看到。我听到声音马上就跑出小屋，站到了土桥上，然后听到了叮叮叮和嘣嘣的琴声，便立刻跑上山崖，没看到什么人影。”

此时源七拿着斧子回来了。银造让周吉继续保持警惕，返回防雨窗旁边。

良介一声令下，源七朝最近的防雨窗砍了一斧，劈出一道大裂缝。良介伸手进去拨开插销，终于打开了一扇防雨窗。

三人终于进入屋内，然而看到房内情形的一刹那，三人像石头一样呆住了。

那是一幅无法形容、恐怖至极的光景。

贤藏和克子被砍得七零八碎,倒在血泊之中。绣着鸳鸯的新被褥、刚刚更换的新榻榻米和倒在枕边的金屏风都沾着黏糊糊的鲜血。

愉快的新婚之夜哪里去了？只剩下令人血液冰冷、毛骨悚然的地狱图景!

源七看到这一幕,吓得一屁股坐在地上。银造马上抓住他的肩膀，把他拖到了房间外面。

“叫医生和警察来！还有，谁也不许从柴门来这里！”

下人出去后，银造咬牙切齿地望着两具凄惨的尸体，然后又向房间中部望去。

最先映入他眼帘的是琴。黑漆描金的琴仿佛在凭吊死者的灵魂一样，摆在克子的枕边，而且好像有人用沾满鲜血的手指弹过。十二根琴弦上弹过的部分都沾着血迹，另有一根弦断了，缠在琴端，上面还少了一个弦柱。

琴弦断了，弦柱不见了!

银造似乎注意到了什么，看了看门窗是否锁好，但大门和防雨窗都没有异常。他又依序检查了六叠大的房间的壁橱、西侧的厕所和厕所对面的小储藏室。西侧外廊的尽头有一扇小窗户，窗棂也没有问题。

他再次回到八叠大的房间,回头看着呆若木鸡的良介,小声说道:“不可思议。哪里都没有人，也没有能逃走的地方。难道是……”

难道是……良介肯定也明白这话里的意思。他剧烈地摇了摇头。

“不可能、不可能！你看那屏风……”

金屏风上有还未干的血手印。那手印只有三根手指。拇指、食指和中指……印迹上还有难以形容的奇怪之处。

义甲的新用途

把这个故事的材料交给我的是一位朋友。朋友的父亲F现在已经去世了。当时他是位医生，住在这个村子里，最先赶到了事发现场。

F对一柳家的妖琴杀人案很感兴趣，写了很详尽的笔记，现在还保存着。我现在写下的故事主要就是依照那份笔记。笔记里有一柳家偏院的示意图，对于说明这个故事极为重要，因此原封不动地展现给读者。

听到源七的报告，F和当地驻在所[①]的巡警赶来时已经六点，即将破晓。巡警看了现场，觉得事关重大，马上给总社町的警察打了电话，总社町的警察又向县警本部报告。这样一番程序下来，办案人员陆续向一柳家进发。农村交通不便，等各路人马到齐时，已是中午时分了。

办案人员现场取证、讯问当事人等环节自不必说，否则恐怕读

---

①日本警察基层机构，多设于山区、孤岛等偏远地区。

一柳家偏院俯瞰图

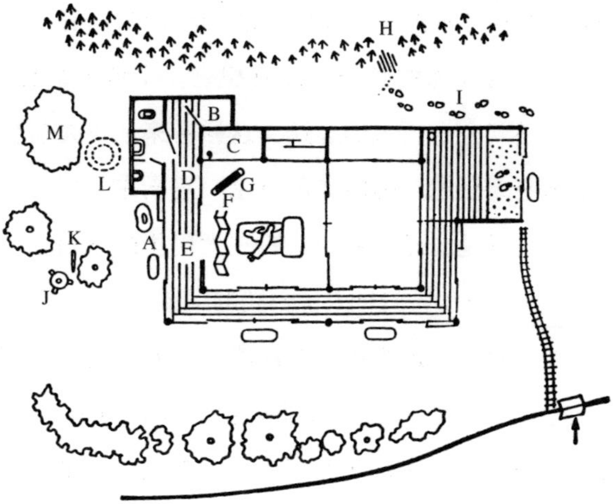

A 良介等人打破的防雨窗

B 凶手可能藏身的储藏室

C 义甲盒

D 开着缝的窗子

E 打开的拉门

F 倒下的屏风

G 琴

H 可能是凶手滑下来的痕迹

I 鞋印

J 灯笼

K 插在地上的日本刀

L 落叶堆

M 樟树

者也觉得无聊。负责此案的是矶川警部，在此只概述他的调查所得。

首先，最大的问题不管怎么说都是脚印。矶川警部赶来的时候是上午十一点左右，雪已经开始融化。但雪上没有脚印，银造、良介和源七都可证实这一点，无可怀疑。这在后来也一直让警部很恼火。但案发现场也并非完全没有脚印。

请各位读者参考示意图。偏院与北侧的山崖间有不到两米宽的空地。山崖上栽着茂密的竹子，没有积雪，空地上却有点点鞋印，后面的山崖上还有人滑下来的痕迹。这样看来，不久前有人从山崖滑向空地是确定无疑的。脚印如图所示一直向东，到大门前因被雪覆盖而模糊了。可是同样的鞋印还留在大门里的三合土上，似乎从山崖滑下来的人向东从大门进入了偏院的主屋。

鞋印前端内凹，鞋跟磨损，谁都能马上看出是一双破鞋。一柳家里没有穿这样鞋的人，那么可以判断这就是凶手的鞋印。由此推断，凶手从后面的山崖滑下来，从大门潜入。那么，又是什么时候潜入的呢？雪为判定时间提供了很大帮助。

这里开始下雪是在前一天晚上的九点左右，午夜三点左右停止，所以凶手溜进偏院的时间要么在九点以前，要么在雪还未停的两点以前。但在三合土上留下的鞋印上并没有雪的痕迹，所以可以认为是九点前。

根据二房的秋子的证词，她七点左右关上了偏院的防雨窗，那时大门那儿还没有脚印，所以凶手潜入是在此后，即七点到九点之间。这正是主屋里众人向新郎新娘致贺词的时候，从常识来说也应该是在这个时间段。

那么，七点到九点间潜入的凶手随后又做了什么？请再看一下示意图。西侧的厕所斜对面有一个小储藏室，凶手好像躲进了那里。那里存放的旧被褥和旧棉花上面清晰地印着人压过的痕迹。不仅如此，储藏室里还遗落了被用作凶器的日本刀的刀鞘。

这把日本刀为一柳家所有，当晚装饰在偏院主屋的壁龛旁边，凶手像是在躲进储藏室前拿走了刀。一点后在偏院举行仪式，刀应该不在壁龛旁边，可是谁都没有注意到，因为壁龛前面立着一扇金屏风。

由此推论，新郎新娘在两点左右便已就寝，可凶手为什么要等到四点左右才动手呢？对此有许多解释。其中最有力的解释认为当晚是新婚之夜，贤藏和克子大概久久无法入睡，凶手也许是在等二人睡熟……说到这里，请再注意一下储藏室的位置。

储藏室和新郎新娘睡觉的大房间只隔一面墙。凶手肯定连新郎新娘的一举手一投足，甚至床间的悄悄话和气息，都能亲耳听到、亲身感受到……

这起案件最恐怖的地方就在于此。银造听到这些推断时，也是一脸阴沉。凶手发现二人渐渐睡去，便提着刀走出储藏室，拉开西侧拉门。进入大房间前，他干了一件奇怪的事情——不，应该说是人们推断他做了这样的事。

壁龛旁边有一扇采光窗，窗子离壁龛最近的地方开了一道缝。克子在婚礼上弹完琴后，秋子把义甲盒放在了壁龛的角落里，就在窗子缝隙旁。凶手从缝隙伸进手去，取走了三个义甲，并套在手指上。

这样判断是因为金屏风上留下了沾血的三根手指的痕迹。指痕上的奇怪之处在于没有指纹，而是光秃秃的义甲痕迹。

这里请读者们想一想义甲的样子。义甲和指甲位置相对，是戴在指肚上的。戴了义甲自然能隐藏指纹，凶手也知道这一点，所以下手前戴上了义甲……应该可以这样推论。而且，在厕所洗手池的架子上，发现了三个沾血的义甲，这个推论也因此被证实。

戴着义甲、提着日本刀的凶手溜进大房间，首先对脚下的克子一顿乱砍。克子做了抵抗，或者说挣扎，现场留下了扭动的痕迹，但极其微弱。凶手接连不断地挥动日本刀，她马上就咽气了。

贤藏被异常情况惊醒，踢开被子站了起来。好像就在这一瞬间，凶手挥刀砍下，贤藏从左肩到手腕都被砍伤。但他并不胆怯，跨过克子，面向凶手，结果被一刀贯穿心脏，倒在克子身上。

以上就是矶川警部根据现场情况做出的推断。此后凶手又做了什么，就不得而知了。

尸体的头边放着一张琴。似乎有人用沾满血的手指弹过这张琴。为什么凶手要在这里弹琴呢？另外，断弦的弦柱哪儿去了？在偏院里不见踪影。

但比起这些，更不可思议的是凶手的逃跑路径。偏院主屋的所有门窗都从里面锁上了，没有能供人出入的缝隙。

可以确定，在杀死贤藏夫妇并弹琴后，凶手来到了西侧的外廊。因为厕所里找到三个沾血的义甲，良介和源七打破的防雨窗内侧还发现了卷成一团、沾着血的布手巾。不仅如此，后来发现被打破的防雨窗内侧还留下了一个只有三根手指的清晰手印，而且已经摘掉义甲，留下了清楚的指纹，指纹上还隐隐沾着血。

可见凶手是打开防雨窗逃走的，或者说肯定尝试过这样逃走。但这就出现了问题：良介和源七打破防雨窗时，插销真的是锁好的吗？拨开插销的是良介，他听说警方怀疑这一点，非常生气。

"插销肯定是锁着的。源七用斧子把防雨窗打破，弄出能伸进手的缝隙，我便把手伸进去拨开了插销。说什么凶手从那儿出来，真是胡扯！再说了，为什么没有脚印？雪地上哪儿都没有脚印。不光是我和源七，银造也应该很清楚。"

银造一言不发地点头。但是他看着良介侧脸的眼神中明显带有不浅的疑惑。

说到这里，让我们先回到发现尸体的那个夜晚。

银造一直和良介四目相对，在尸体旁边忍受寒冷，直到天亮。办案人员赶来后，银造才放心地离开偏院。这时大概七点，和前一晚截然不同，天气上佳，一柳家巨大的主屋屋檐下的积雪在朝阳的照射下熠熠生辉。积雪从屋檐下滴落的声音逐渐清晰。

可是，银造既不关心这种景色，也听不进声音。他紧抿双唇，满脸悲痛之下还隐藏着悔恨。

他默默地从偏院回到了主屋。正在此时，他看到昨晚代表一柳家送川边村大叔公的三郎脸色难看地回来了，还带着一个令人意外的同伴。

那人三十五六岁，圆脸上蓄着胡须，是个气派的绅士。糸子老夫人一见到他，就瞪大眼睛，惊讶地问道："啊，隆二，你怎么回来了？"

"妈，刚刚听源七说了，家里出大事了。"那人虽然吃惊，却格外沉着。

"出了这样的大事，我也不知道怎么办才好。可是隆二，你怎么回来了？什么时候回来的？"

"从福冈来的，刚到。学术研讨会比预想结束得早，我想来祝贺大哥，刚到清音火车站。我想先问问是什么情况，就去了川边村的大叔公家，源七就来了……”

银造一直疑惑地盯着此人，听到这里忽然睁大了眼睛，投出灼人的目光。这样的举动太突兀，那人也注意到了，神色不安地转头问系子老夫人：“妈，这位是……”

“啊，这是克子的叔父。银造先生，这是我二儿子隆二。”

银造一言不发地点头，离开众人，回到自己的房间。他在房间中央站了很久，终于说出一句话：“那个人在撒谎。”

说着，他从行李箱里取出电报纸，稍加思考后写下了下面的话：

克子死 约金田一

收信人是自己的妻子。

银造拿着电报，走向川边村的邮局。

镰刀和弦柱

“这案子真恶心，让人心里发毛。我干这行也挺长时间了，看到什么凶残的案子也不会吃惊，可这个案子想想就恶心。喂，木村，有凶手进来的足迹，却没有出去的，这到底是怎么回事？”

偏院主屋的外廊搬进了一张桌子，矶川警部正全神贯注地把撕得粉碎的纸片拼在一起。木村刑警在一边帮忙。

“警部，这个案子想简单一点儿如何？”

“简单？怎么讲？”

“就是说，良介在撒谎……这样就没什么不可思议的了。插销是否锁上了，只有他知道，谎话怎么说都行。”

“话倒是如此，可脚印还是没法解释。”

“警部，不能同时考虑两件事情啊。脚印的问题以后再调查一次院子，现在要紧的是如果良介撒谎了，那原因是什么。”

“你有什么想法？”

“我想他大概知道什么——他知道凶手是谁。”

“知道凶手和插销没锁上是两码事啊。”

“怎么会是两码事？他这是在扰乱视线。总之我对那人没有好感，总觉得他鬼鬼祟祟的。”

“凭主观印象判断可不行。主观是误判之母。”

虽然这么说，矶川警部对良介的印象也不是很好。

一柳家长房的兄弟几个都容貌不凡，气度出众，作为本阵的后裔，一点儿也不丢脸。即使是最不上进的三郎，懒惰归懒惰，也有少爷的架势。与此相比，良介明显不如。他身材矮小且精于世故，心胸狭窄，多少有些粗俗下流。这种气质从他的眼睛就可以看出来。他的眼珠总是滴溜溜地转，一刻不停地打量着别人的脸色。一眼看去似乎有些胆小，却暗含令人不得不防的阴险。

“那家伙是二房啊。”

“是啊，他永远也当不了继承人。那个被杀的贤藏是个学者，不怎么理家事，据说良介因此揩了不少油水。”

“隆二怎么样？听说他今天早上回来了，有些可疑。”

“他啊，大家对他评价都不错，村里人都说他性情温和，是个通情达理的人。他好像在大阪的医院上班，这次刚从九州大学的学术研讨会上回来。这些要是调查，马上就能弄清楚，不会是假的吧？”

“嗯……你刚才说良介在包庇凶手……那么良介就应该认识那个三指男人。可是听川田屋的老板娘说，那家伙完全像个流浪汉，极其寒酸。”

川田屋即那家小饭馆。

必须提到，矶川警部这时已经讯问过一柳家众人，知道奇怪的三指男人的事。告诉他的是三郎。三郎听说偏院留下了三根手指的手印，马上想起了前几天在理发店听到的事。

矶川警部问过三郎后，马上派人去川田屋，从老板娘那里了解了那人的详细相貌气质，还找到了当时他喝水的玻璃杯。老板娘觉得恶心，再没用过那个杯子，所以杯子上清晰地印着指纹。警部立刻派人把杯子送到鉴定科。

听了三郎的叙述，秋子也想起婚礼前厨房来了一位不速之客。警察于是向阿直以及当时在厨房的人调查取证，认定那人就是三指男人。而贤藏看过那人捎来的纸片后，应该直接塞进了袖兜。

警部马上找出贤藏当时穿的和服，果然从袖兜里找出一堆撕得粉碎的纸片。他让木村帮忙，全神贯注地拼起来。

“木村，只差一点儿了。有没有能拼在这儿的？不是那个，那个该拼在这儿吧。剩下的两个应该用这个和这个……完成了。”

所幸，被撕成碎片的纸片一块都没有缺，让警部完全复原了。像蚯蚓爬一样歪歪扭扭的铅笔字迹呈现在眼前。

“这太奇怪了。木村，第一个字是……你来念念。”

“警部，好像是个‘岛’字。”

“岛……是啊，还真是个岛字。岛之约……对、对，岛之约……之后是什么？”

“是个‘近’字吧，大概是‘近日’吧。”

“啊，果然如此，近日践……之后的还是不明白。”

字本就写得很难辨认，再加上是撕碎后拼起来的，辨认起来更是难上加难。尽管如此，在木村的帮助下，警部终于整理了出来，内容如下：

岛之约，近日践。无论暗杀偷袭，此乃约定。君所谓“毕生之仇敌”上

读罢，警部和木村不由得面面相觑。

“警部，这是决斗书。简直像杀人预告。”

“不是像，是货真价实的预告。这封信被转交几小时后就发生了杀人案。混账！越来越复杂了。”

警部拿起这张贴在纸上的预告书，从桌前起身。

“先去主屋问问吧，什么是岛之约，贤藏什么时候去过哪个岛，问问一柳家的人就明白了。”

正当警部穿着木屐走下外廊时，一个刚才在偏院西侧认真调查的年轻刑警从后面叫住了他：“警部，办完事后请来这边一下，有个奇怪的东西。”

“怎么了、怎么了、又有什么发现？”

年轻刑警把警部带到偏院西侧突出的厕所前面。请诸位读者再参考前面的示意图，那里堆满了清扫出来的落叶。刑警用棍子分拣。

“啊，请看那个。”

警部看了一眼，不由得瞪大了眼睛。“这、这不是弦柱吗？”

“是的，就是那个丢失的弦柱，在这里出现了。警部，这样看来，凶手也是从这边跑的。我本想弦柱也许是从厕所窗户扔出来的，可厕所窗户都罩着非常细的铁丝网，根本不可能扔出弦柱。要是从防雨窗上面的楣窗扔出来，角度又不可能。这个弦柱埋在落叶堆里，没有淋湿，能看出沾血的手指痕迹。”

警部抬头看了看厕所的窗户，又望了望防雨窗，确实如部下所说。

“好，你把这个小心地送到鉴定科去。只有这个发现吗？”

“不，还有一个。请到这边来，就是那个。”刑警指的是一棵枝繁叶茂的大樟树，“看，从下往上数第三根树枝旁边插着一把镰刀。刚才我爬上去看了看，插得非常深，怎么也拔不出来。刀柄上印着‘植半’二字。”

“大概是花匠忘了吧。”

“最近确实有花匠来过这个院子。可是如果是把剪刀还可以理解，在那个地方插一把镰刀，不是太奇怪了吗？”

“这么说也有道理。”警部想了想，“镰刀放在那儿不动。除此之外……对了，弦柱送到鉴定科。为防万一，好好搜索这一带。”

警部来到主屋，一柳家的人都聚集在客厅里。

银造在房间的角落里，大烟斗里不断冒着烟。他今早从邮局回来后就待在那里，一动不动，几乎不和任何人说话，只是默默地抽着烟，听着众人窃窃私语。他毫无顾忌地盯着众人的神情和举动。对一柳家的人来说，他仿佛是梅雨时节笼罩天空的大片雨云，令人沉闷。尤其是良介和三郎，每次看到银造，都胆怯地把目光移开。

只有铃子很快就和这位乍看上去恐怖、实则非常亲切的叔叔熟稔起来。她正亲昵地靠在银造膝头。

“哎，叔叔。”铃子摆弄着银造关节粗大的手指说道，“我……发现了一件奇怪的事。”

“……”银造叼着烟斗，看着铃子的脸。

“昨天深夜里响起了琴声，对吗？一开始是喀唧喀唧喀唧铮，就像戴着义甲的手指在胡乱拨弄。接下来是叮叮叮，好像是弹琴弦的声音。叔叔，你还记得吗？”

“记得啊，怎么了？”

“我前天晚上听过同样的声音。”

银造不由得瞪大眼睛看着铃子。“铃子，真的？”

“嗯，是真的。还是从偏院那边传过来的。”

“那么，是像昨天那样喀啷喀啷胡乱拨弄琴弦的声音？”

“不是。也许有那样的声音，但那时候我肯定在睡觉。我听到的是叮叮叮弹琴弦的声音。”

“到底是前天晚上几点？”

“我不知道几点。我吓死了，躲在被窝里。那天晚上偏院应该是没有人的，琴也不在那里。叔叔，猫死了真的会变成妖怪吗？”

铃子的话经常如此。原本说得相当有条理，忽然话锋一转，就变得无法理解。

可是铃子透露的内容，即前天晚上也有琴声这件事，有没有重大的意义呢……银造正打算再次询问的时候，矶川警部进来了，两人的对话戛然而止。

“我有件事想问问各位。去世的贤藏曾经在哪个岛上住过吗？”

警部的询问让一柳家的众人面面相觑。

“那个……良介，你有印象吗？贤藏最近好像没出去过吧。”

“不，不是最近也行。很久以前也没关系。去岛上旅行，或住在岛上……”

“啊，那样也许有可能。我哥年轻的时候喜欢旅行，去过很多地方。可是警部先生，这和这件事有什么……”隆二皱着眉盯着警部。

“嗯，我认为有重大关系。能知道岛的名字就好了……实际上是因为这个。”说着，警部拿出那封粘在纸上的预告信，“写了一些奇怪的事。我给各位念念，请考虑一下信里的意思。”

警部开始朗读，当读到最后一句“君所谓‘毕生之仇敌’”时，众人中发出了轻微的叫声。

是三郎。面对警察怀疑的视线和众人狐疑的目光，三郎瑟瑟发抖，脸色苍白。

调查会议

三郎奇怪的举动不能不引起众人的注意。

“三郎，你对这封信有什么看法吗？”隆二皱着眉问道。

三郎发现众人的目光都聚集到自己身上，完全慌了。

“我……我……”他结结巴巴，不停地擦额头上的汗珠。警部的目光越发冷峻起来。

“三郎，事关重大，你要是有什么看法就直说。”

警部紧紧追问，三郎越发慌张了，最后断断续续地说道：“我……对信上最后一句话有印象……毕生之仇敌……我看过这句话。”

“看过……在哪里看过？”

“大哥的相册。贤藏大哥的相册里，有一张照片……没写名字，只写了‘毕生之仇敌’……我……因为这话很奇怪，现在都记得。”

糸子老夫人和良介面面相觑。隆二疑惑地皱着眉头。银造一言不发，从对面仔细观察三人。

“那本相册在哪儿？”

“应该在书斋。大哥绝不让别人碰自己的东西，我是偶然间才看到的。”

“老夫人，我可以搜查书斋吗？”

“啊，当然可以。三郎，你也去帮忙。”

“我也去。”

隆二起身后，银造也一言不发地站起来。

贤藏的书斋在大门左侧，即主屋的东南角，是一间约十二叠的西式房间。屋子内部由一道向南侧凸出的高约一米的墙大致分成半开放式的两部分：较小的那部分作为三郎学习的房间，门就开在这个小房间北侧。贤藏自己的书斋大概有八叠，东侧和北侧的墙上，从地板到天花板，是摆满了外文书的书架。南侧靠近窗子有一张大书桌。两个房间的中央摆着铁质暖炉。

“三郎，相册在哪儿？”

“书架的……那里……”

书桌左侧最靠近书架的一端摆着贤藏日常生活中常用的东西，诸如相册、日记、剪报册一类，整理得干干净净。三郎想从中拿出一本相册，警部慌忙拦下了他。

“不，请稍等。”警部站在书架前，仔细观察。看来贤藏是个一丝不苟的人，日记全都保存着。从大正①六年到昭和十一年即去年，一共二十本日记，按年代顺序整齐排列，而且全都使用东京某书店发行的同一型号、同一装帧、同一纸质的日记本。从这点也能看出他的性格。

①日本嘉仁天皇在位期间使用的年号，时间为 1912 年到 1926 年。

警部几乎把脸贴在书架上观察，不久就皱着眉转过头对众人说：“最近有人动过这些日记。你们看，这三册——大正十三、十四、十五年，只有这三册没有完全收进书架里。而且其他日记都落满灰尘，只有这三册没有。此外，还有更奇怪的……”

警部小心地取出那三册日记，逐一打开让众人过目。银造一看，不由得瞪大了眼睛。三册日记都有被撕掉的页，大正十四年那本有一半都被撕掉了，以致封皮都松动了。

“请看，切口还是新的，是这几天刚刚撕下去的。大正十三、十四、十五年，贤藏当时多少岁？”

“大哥今年四十岁，大正十三年正好是二十七岁。”隆二掰着指头算了一遍后说道。

“也就是说，这是二十七岁到二十九岁的日记。当时贤藏在做什么？”

“大哥二十五岁那年从京都的大学毕业，留校做了两年多讲师，在那期间患上了呼吸系统的病，离开了学校，三年多什么都没干，只是静养。我想这些经历看日记就能知道。”

“也就是说，这些日记是从离开学校前后到疗养期间的。但问题是，是谁撕的，为什么撕了，撕去的部分又怎么处理……我刚才说过，这是最近刚刚撕下去的——嗯？怎么了？”

警部猛地转向银造这边，因为银造故意干咳了几声，用手里的大烟斗敲着暖炉发出声音。警部马上看出了银造的意思，大步走到暖炉前，一把打开铁门，一瞬间不由得“嗯”了一声。很明显，撕掉的日记是在这里烧掉的。炉子里还堆着一堆高高的灰烬。

“谁在什么时候……这个炉子是什么时候打扫的？”

“昨天傍晚还没有这些东西。我昨天傍晚在这里看书到七点钟，当时还加了两三回炭。我自己烧的炉子，所以很清楚，当时确实没有这些东西。”三郎呆呆地望着炉子里的灰烬说道。

银造用丝毫不流露感情的眼神紧紧凝视三郎的侧脸。不知何故，三郎倏地涨红了脸。

“好,我知道了,这事过后再详细调查吧。大家都不要碰这些灰烬。三郎，你说的相册是那个吗？”

相册一共有五册，背面用红笔分别写着年份。警部从中取出“自大正十二年至大正十五年”那一本，在书桌上小心地打开。翻了不到六页，三郎在一边开口说道：“警部，是那个，那张照片。”

三郎指着一张名片大小的照片。照片非常破旧,不仅完全变色了,还有各种划痕。旁边贴着的绝大多数都是贤藏自己拍的业余水平的照片，只有这张像是专业摄影师拍摄的，是那种入学考试时贴在申请书上的照片。照片上是一个二十三四岁的光头青年，穿着金属扣子的立领西服。

照片下面只写着一句话，果然是“毕生之仇敌”，而且毫无疑问是贤藏的笔迹，已经由红色变成了黑色。

“你们知道照片上的是谁吗？”

隆二和三郎都默默地摇了摇头。

“三郎，你问过贤藏关于这照片的事吗？”

“怎么可能？要是问了，不知道要被大哥怎么骂。我连看过照片这件事都没对大哥说。”

“毕生之仇敌，这可是相当不同寻常的话。你们记得发生过什么特别的事情吗？”

“大哥是个绝不会让别人看到自己内心的人。就是有那种事，恐怕也不会对别人说，大概会独自保守秘密。”隆二表情严肃地说道。

“总之，这张照片我要借用一下。”警部打算把照片撕下来，可粘得非常牢固，怎么也弄不下来。如果硬撕可能会弄坏照片，警部只好用剪子把相册贴纸一起剪下来，小心地夹在笔记本里。

总社町警察局的调查会议大概也是在当晚召开的。

我不清楚会议的具体程序，F医生的笔记上却记录了当时的情况。我把要点摘了出来，大概就是以下情景：

“……关于被烧掉的日记，已经知晓以下几点。”这当然是矶川警部的发言，“前面说过，昨天傍晚，在婚礼开始前不久，二房的秋子去偏院找贤藏。当时贤藏让秋子把偏院的防雨窗关上，自己先离开了偏院。不久，秋子回到主屋，贤藏本该在那儿，却不见踪影。当时时间紧迫，系子老夫人又唠叨起来，秋子就去寻找，发现贤藏在炉子前面烧着什么。”

“哦，就是说烧日记的是贤藏自己。”局长说道。

“是的，是的。结婚前烧掉旧日记和信倒也常见，但在婚礼马上要开始时烧掉，很值得注意。应该是秋子带到偏院的信让他忽然想起了以前的事，觉得有必要烧掉当时的记录。”

“嗯，这就是日记的灰烬吧。”

“是的，看起来烧得很仔细，基本都烧干净了。但其中有五六张还保存着极少部分没烧掉。这和这次的案件肯定有关系，所以都放在这里，顺序和摆放的一样。遗憾的是日期全都烧掉了，但可以推断大概是大正十四年。”

在矶川警部摆放好的五张纸片上，所幸没有成为灰烬的字句非常具有暗示性，F医生对此也非常感兴趣，因此写在了笔记上。我在此把它们原封不动地抄下来：

一、……前往海滩的路上，经过常去的地方，阿冬今天也在弹琴。我最近听到这琴声，就忍不住难过……

二、……那家伙，那家伙。我恨他。我一生都恨他……

三、……阿冬的葬礼。寂寞的日子，悲伤的日子，岛上今天也下着小雨。跟着送葬的队伍……

四、……我要找那家伙决斗。难以言喻的愤恨。一想到凄凉死去的那个人，我觉得把他大卸八块也不能满足。他是我毕生之仇敌。恨、恨、恨……

五、……离开岛之前，我再次参拜了阿冬的墓。献上野菊，在墓前叩头后，我仿佛听到哪里传来琴声。我忽然……

“原来如此。”局长仔细地读完五张残片后说，“这样看来，贤藏曾经在某个岛上喜欢过一个叫阿冬的女子，可是阿冬和另一个男人关系密切。因为此人，阿冬死了。所以此人是贤藏毕生的仇敌，也是本案的凶手。”

“正是。里面肯定有什么复杂的前因后果。要是知道凶手的名字，至少知道岛的名字，就好办了。可是日记烧得这么干净，怎么都找不到。从年份上看，是大正十四年，贤藏二十八岁，当时患轻度肺炎，在濑户内海的岛屿间旅行。可是一柳家也没人知道具体是哪个岛。”

“但是，有了这张照片……对了，你把它给三指男人最初出现的小饭馆的人看过了吗？”

“当然给了。饭馆的老板娘和村公所的职员，还有当时也在的马夫，我都给他们看过了。三人都说肯定是这人。当然和照片比要老些，也更潦倒，而且嘴边有个大伤口，相貌完全变了。但三人一致断言是此人无疑。”

“那么，就没有问题了。可此人离开小饭馆后，就没人看见过他了吗？”

“不，有人看见过。”在旁边说话的是木村，“同一天，住在一柳家附近的平民田口要助看见那人站在一柳家门前，鬼鬼祟祟地望着里面。要助非常奇怪，盯着那人，那人察觉了，于是问要助去久代村走这条路可不可以，明显是明知故问。然后他就慢悠悠地朝那边走了。过了一会儿，要助回头一看，发现他爬上了一柳家北侧的山崖。现在想来，他是要偷窥一柳家的全貌。从时间上说，大概是离开饭馆后五分钟到十分钟的样子。”

“那是二十三号傍晚，也就是婚礼的两天前，是吧。”

“是的。”

“他在婚礼开始前不久，再次出现在一柳家的厨房。当时在厨房工作的所有人，还有那个叫什么来着……啊，那个田口要助，你给他们看过照片了吗？”

“当然都给他们看过，但都说不能确定。因为帽檐很低，还戴着大口罩，再加上一柳家的厨房很暗……”

局长出神地抽着烟思考着，不久把目光落在桌子上。那里放着这样几件东西：

一、玻璃杯。

二、日本刀。

三、日本刀的刀鞘。

四、三个义甲。

五、弦柱。

六、镰刀。

局长的眼神掠过这些东西，说道：“这个玻璃杯就是饭馆的那个吧？嗯，指纹……”

“关于指纹，由我来说明。”好像就在等局长这句话，年轻的鉴定科职员打开了公文包，“从我这里的照片上可以看出，杯子上有两种指纹。一种是饭馆老板娘的，另一种只有拇指、食指和中指，是三指男人的。而且相同的指纹在日本刀、日本刀的刀鞘和弦柱上都检测到了。日本刀和刀鞘上还有少量贤藏的指纹，弦柱上只有凶手的指纹。义甲背面也应该有凶手的指纹，但就像您看到的，沾满了血，反而检测不出了。镰刀就像您所见，柄是木头的，也无法检测出明确的指纹。”

“这把镰刀……”

“是这样的。”矶川警部走上前，“镰刀插在偏院里的樟树上。调查后发现，一柳家在一周前请过花匠。我们找到花匠调查，他说当时确实把镰刀忘在了一柳家，但绝不会插在樟树上。带着大剪刀还有可能，但带着镰刀爬树干活儿实在难以想象，因此花匠的话应该是可信的。这把镰刀为什么会插在樟树上，而且磨得非常锋利？我觉得其中有某种意义，就暂时扣留下来。”

“还有很多疑点啊。对了，现场的指纹怎么样？”

“现场有三个地方找到了凶手的指纹。一个在壁橱里，指纹上没有血。另外两个都是沾血的指纹，一个在防雨窗的内侧，一个在八叠大房间西南的柱子上。这个指纹虽然在最明显的地方，却是最后发现的。因为房子里涂满了红漆，很容易就看漏了。”

“就是说肯定另有凶手，首先可以排除自杀的可能性了。”

“自杀？”矶川警部吃惊地瞪大了双眼。

“这不是我个人的意见，而是有人认为贤藏用刀刺入心脏自杀，再从楣窗将日本刀丢到屋外。”

“谁会有这种混账想法！看过现场就不会有这种疑问了。从插着凶器的现场判断，根本没有这种可能。还有弦柱，确实是雪停后才丢到那里的，从地点上说，就算开着防雨窗，也不可能从房间里扔出去。到底是谁有这种混账想法？”

“是妹尾。对他来说是自杀才好呢，那样他就不用付保险费了。”

“保险费……啊，妹尾就是保险公司代理店的那个人吧？贤藏买了多少钱的保险？”

“五万元。”

“五万元？”警部瞠目结舌也不是没有道理。在当时的乡下，五万元可是一笔巨款。

“究竟是什么时候买的？”

“据说是五年前。”

“五年前？可是贤藏没有老婆孩子，为什么买这么贵的保险？”

“据说是这么回事。贤藏有个弟弟叫隆二。隆二结婚的时候，三兄弟分了家产。可是三郎在亲戚里的评价不好，只分到很少一部分。贤藏出于义愤，买了五万元的保险，权益让给了三郎。”

“所以保险的受益人是三郎？”

矶川警部心中不由得涌起一股说不出的烦闷。

三郎在婚礼当晚送川边村的大叔公回家，就在那里住下了。因此，相关人员中只有三郎有确切的不在场证明。这说不定反而隐含着某种重大的意义……

矶川警部开始焦躁地捻着胡须。

金田一耕助

十一月二十七日，一柳家恐怖的杀人案翌日。

一个青年从伯备线的清音站下车，慢悠悠地向川边村走去。青年看起来二十五六岁，中等身材——或者说身材矮小更合适，穿着碎花对襟外褂及上衣，配窄条纹裤裙。外褂和上衣满是皱褶，裤裙松垮得已经看不到裤褶，藏青色的短布袜几乎要露出脚趾，木屐已经磨秃了，帽子也不成形状……总之，他在同龄人中绝对属于不修边幅的。肤色倒是白皙，容貌却不值一提。

青年渡过高梁川，向川边村走去。他左手揣在怀兜里，右手拿着手杖。怀兜里可能还装着杂志、笔记本什么的，凸起了一大块。

那个年月，如果是在东京，这样的青年并不少见。早稻田一带的青年公寓里到处都是这样的人，城市边缘的小剧场编剧室里也能看到类似的人。他就是久保银造发电报叫来的金田一耕助。

比较了解案件经过的村民直到现在还记得此人的神秘色彩。

“那么年轻，就起了那么大的作用，警部都赶不上他。东京人就是不一样。当时可轰动了……”

从这些话也可以看出，这个青年正是在一柳家的妖琴杀人案侦破中发挥重要作用的人。按照我从村民的谈话中得出的印象，这个青年飘逸超然的样子有些像安东尼·吉林厄姆——这个人大家或许不知道，是我最喜欢的英国作家艾伦·亚历山大·米尔恩创作的侦探小说《红屋之谜》的主人公，也是一位业余侦探。

米尔恩在小说一开始就介绍了安东尼·吉林厄姆，他是这么写的：这个人物，是故事中最主要的角色，在开始故事前，有必要做个简单介绍。我要向米尔恩致敬，在此也说明一下金田一耕助的背景。

金田一，从这个特别的姓氏中，读者们应该马上能想到一个同姓的阿伊努学者，是东北地区或北海道人。金田一耕助也是那里人，有浓重的口音，还经常结巴。

他十九岁从家乡的中学毕业，怀抱青云之志来到东京，在某私立大学上学，住在神田一带的青年公寓。不到一年，他就觉得日本的大学没什么意思，忽然去了美国。在美国他也没有像样的工作，一边洗盘子打工，一边到处游荡，在好奇心的驱使下吸食毒品，逐渐沉迷其中。

如果这样下去，他会成为标准的瘾君子，成为日侨中不受欢迎的人。可这期间发生了一件怪事。旧金山的日本人中间发生了一起离奇的杀人案，调查逐渐陷入迷宫。这时，瘾君子金田一耕助挺身而出，出色地破解了这起奇案，而且没有故弄玄虚，完完全全用的是抽丝剥茧的推理手法。这让日侨们大为惊讶，瘾君子金田一耕助一下子成了大英雄。

那时，久保银造正好住在旧金山。银造在冈山的果树园获得了成功，正打算开创新事业。各位想必都还记得，战前常吃一种叫新奇士的葡萄干，那就是居住在加利福尼亚的日本人种植的。银造想把它移植到日本，便到美国考察。在一次日侨的宴会上，他遇见了金田一耕助。

“怎么样，想没想过戒掉毒品，认真学习？”

“我也想这样，毒品其实也没什么大不了的。”

“如果你有这个想法，我可以出学费。”

“那就拜托您了。”耕助挠着乱蓬蓬的头发，微微鞠躬。

银造不久就回到了日本。耕助待了三年，直到大学毕业。回到日本后，他马上从神户来到冈山找银造。当时银造问：“那么……你以后打算做什么？”

“我，想成为侦探。”

“侦探？”银造瞪大眼睛看着耕助，马上想起了三年前的事情。这样也好，反正耕助也不是能从事常规职业的人。“侦探——这个职业我不太清楚，就是用放大镜和卷尺什么的工作吧？”

“不，我不用那些东西。”

“那你用什么？”

“用这个。”耕助呵呵笑着，敲了敲自己乱蓬蓬的脑袋。

银造赞赏地点点头。“可是，就算是用脑筋，也还是要本钱的吧。”

“是的。事务所的设备费和其他的费用要三千元。另外，眼下还需要些生活费，因为不可能马上就打响招牌。”

银造默默写了一张五千元的支票交给他。耕助收下后，略施一礼，也不道谢，就回到了东京，不久就开始从事侦探一职。

金田一耕助在东京的事务所一开始当然没有什么生意，给银造的近况报告里经常用“门可罗雀，杜鹃啼鸣，主人忍着哈欠，整日读侦探小说”等半是认真半开玩笑的话。

但大约过了半年，信的内容就逐渐发生了变化。一天早上，耕助的大幅照片出乎意料地出现在报纸上，让银造吃了一惊。银造接着往下看，原来耕助巧妙地破获了轰动全国的大案，受到特别嘉奖，报纸更是大肆吹捧。在报道中，耕助这样说道：“探寻足迹、检测指纹都交给警察去做。我是将这些结果进行合理的归纳与综合，最后得出推断。这是我做侦探的方法。”

读到这里，银造想起耕助拍着脑袋说要以此代替卷尺和放大镜的情景，不由得露出会心的微笑。

一柳家发生命案时，耕助碰巧就在银造家。事情是这样的：耕助在大阪调查一起棘手的案子，没想到案子顺利地解决了，于是他去拜访了许久不见的银造，顺便当作休息。他送银造和克子离开后，本想等银造忙完婚礼回来好好玩一玩，结果发生命案，银造一封电报请他出马。

从一柳家所在的冈田村到银造的果树园不过四十公里，但交通很不方便。要去冈田村，必须先坐玉岛线，然后坐山阳线的上行列车，在仓敷换乘伯备线，在清音站下车，再往回走四公里。银造和克子是从这条道来的，耕助也沿着相同的路。他渡过高梁川，刚踏上川边村的街道，耳边忽然传来混乱的叫声，混杂的人群骂骂咧咧地向着弯曲的街道前方走去。

耕助不知道发生了什么，不禁加快了脚步。原来，在川边村村口，一辆公共汽车撞上了电线杆，周围围了一大群人，伤员正被抬出。耕助凑过去询问，据说是为了躲避对面的牛车才出了事故。

这辆公共汽车是刚才从耕助下车的清音站开出的，大部分乘客都是和耕助坐同一列火车来的。耕助心想，要是自己也坐上这辆车，怕也难逃灾难，不禁暗自庆幸。他正要离开，从车里抬出的女人映入他眼帘。他对此人有印象。

此人从仓敷和他搭乘同一班列车。但和他相反，此人好像是坐山阳线的下行列车到的仓敷。她坐在耕助对面，耕助注意到，她似乎有种难以掩饰的激动。

女人把从中途车站买的报纸放在膝上，一字一句地读着。耕助发现她读的是一柳家的杀人案报道，不由得重新打量起她来。她二十七八岁，穿着朴素的平纹粗绸和服上衣和紫色裙裤，头发虽已扎起来，也能看出是鬈发。她表情严肃，说得再好听也称不上是美人，但有一股知性的气质，这弥补了她五官的丑陋，总体感觉像个女子学校的老师。

耕助想起这起案件的受害者之一克子就是女子学校的老师，或许这个女人和克子有什么关系？如果真如此，也许会从她口中问出什么值得参考的情况。但女人的样子让人难以接近，耕助胆怯没有开口，火车就到达了清音站，他也失去了搭话的时机。

刚刚从汽车里抬出来的就是那个女人。在伤者中，她伤得最重，面无血色。耕助本想跟在后面，但听了围观的人的议论后便改了主意，停下脚步。他听到这样一些话：

“昨天那个三指男人又出现在一柳家的宅子里了。”

“可不是吗，警察今天早晨全都出动，附近都扯上了警戒线，你可得注意点儿。要是穿得古怪，晃晃荡荡，可会被抓进去的。”

“别瞎说，我五根手指可是好端端的。那家伙到底藏到哪儿了？”

“听说在去久代村的山里。那边村里的小伙子全被发动起来搜山去了。真不得了。”

“一柳家不是有什么妖怪吧？上一代的作卫就是那种死法，二房良介的亲爹听说也是在广岛切腹的。”

“嗯，今早的报纸上也登出来了，什么‘血咒的一家’……这么说来，那家从前就阴森森的。”

川边村村民所说的“血咒的一家”登在当天的报纸上，耕助也知道其中因由。情况是这样的：

贤藏兄妹的父亲作卫是在从当时算起的十五六年前，即铃子出生后不久去世的，死法并不普通。他平日里温厚明理，但容易激动，一激动就和平时判若两人。铃子出生后不久，他因田地问题和村里人发生争执，一怒之下夜晚拎着长刀要去砍死对方。结果他虽然成功杀死了对方，可自己也受了重伤，回家后当晚就咽气了。

村里的老人们把此事和这次的杀人案联系起来，再添油加醋，说作卫砍人的那把刀是村正刀，杀死贤藏夫妇的也是同一把刀，村正在一柳家作祟。老人们说得煞有介事，但实际上是错误的。作卫当时使用的刀并不是村正，而且那把刀在事发后就供奉在菩提寺里。记录上显示，这次的案件中凶手用的是一把贞宗刀。当然，报纸上所谓“血咒的一家”也不是毫无道理。作卫的弟弟，即二房良介的父亲隼人，也是用日本刀了结性命的。

此人志愿参军，日俄战争时官至大尉，驻在广岛。他为部队内一起丑闻承担责任，用日本刀切腹自尽。当时一般人都认为以自杀来表示负责确实可敬，但事情本身并未达到需要切腹的严重程度。切腹的原因自然包括丑闻，但其神经纤细敏感才是主因。一柳家代代性格狷介，不能容人，这种激烈的秉性也传到了他身上。

这个暂且不表。昨天夜里三指男人再次现身一柳家一事，耕助是初次听说。也许又起了什么变化，不能再在这里磨蹭了。因此，他把受伤的乘客放在一边，匆匆向一柳家赶去。但他心里也还惦记着受伤的女人，并清楚地记得她被抬到木内医院。

猫之墓

金田一耕助抵达地处山谷的一柳家时已近正午。果然，越接近这里，骑着自行车来来往往的巡警就越多，一派大案发生后戒备森严的景象。

耕助到达的时候，一柳家的众人还聚在客厅里。在角落里默然坐着的银造听到耕助的名字，脸上迅速恢复了生机。

“啊，终于来了！”银造跑出大门迎接，脸上洋溢出与他不太相称的亲切。

“叔叔，这次很感谢……”

“先别说这事，快过来，我给大家介绍介绍。”

前一天晚上，银造就说过金田一耕助要来，因此众人都怀着好奇心等着，想看看到底是个什么人物。

结果看到出现在面前的人，大家都有些愣住了。此人年龄与三郎相差无几，一头鸟窝似的乱发，其貌不扬。铃子瞪大眼睛，天真无邪地问道：“哎呀，了不起的侦探就是你吗？”

糸子老夫人、三郎和良介都大吃一惊，木然地睁大眼睛盯着这个青年。只有隆二稳重地慰问远途辛劳。

银造结束介绍后，马上带耕助回到自己的房间，把前天夜里起发生的事尽可能详细地讲了一遍，其中有耕助已经通过报纸得知的，但不知道的部分也有很多。银造在最后还加上这样一段话：

“……现在这个身份不明的三指男人被认定为凶手，我却有很多解不开的问题。第一，那个叫隆二的案发那天一大早和三郎一起回到家里。当时他说刚从九州到这里，可实际上在前一天，我带着克子从玉岛乘火车时，他也坐了同一趟车。”

“哦？”耕助发出了类似口哨的声音，“他隐瞒了案发时已经来到这里的事实？”

“是的。他没注意到我是和他坐同一趟车来的。我想，从二十五号晚上到二十六号早上，他肯定就在附近。我不明白他为什么要撒谎。既然二十五号晚上到这里了，为什么不出席婚礼？我怎么也弄不明白。”银造神色严峻地向客厅望了一眼，不久又冒出一句，“不光是这个人，这一家人都很奇怪，让人觉得他们知道什么、在隐瞒什么。看起来既像是互相包庇，又像在互相猜疑。这里的气氛太诡异了，我实在受不了！”

银造用少见的激动语气说着，耕助把每句话都牢记在心。过了一会儿，他好像想起什么似的问道：“叔叔，我来这里的途中，听说那个三指男人昨晚又现身了，是真的吗？又发生什么怪事了？”

“嗯，那也非常奇怪。其实只有铃子看到了他的样子，但有明确的证据证明那家伙来过。”

“证据？叔叔，那是怎么回事？”

“是铃子说的。你也看到她是那样的女孩，说话多少有些不合逻辑。在我看来，她恐怕是个梦游症患者。”

“梦游症患者……”耕助不禁瞪大了眼睛。

“嗯。不然怎么会在那个时间起床祭拜猫的坟墓！”

“猫的坟墓？”耕助又瞪大了眼睛，忽然笑出声来，“叔叔，这到底是怎么回事？梦游症、猫的坟墓，这不简直成了鬼故事吗？到底是怎么回事？”

“不好意思，我只顾着自己说，没有理清前后顺序。实际上是这样的。”

昨晚，或者说今天凌晨，一柳家的人又被不寻常的惨叫惊醒。鉴于前一天晚上的情况，银造一睁开眼就跳起来打开防雨窗向外望，看到一个人影从偏院方向跌跌撞撞地跑过来。

银造见状，光着脚就跑到院子里，向那个方向跑去，结果怀里忽然撞进一个人，竟然是铃子。铃子穿着法兰绒睡衣，脸色苍白，浑身颤抖。银造发现她还光着脚。

“铃子，怎么了？你跑到这里干什么？”

“叔叔，出来了！出来了！妖怪出来了！三根手指的妖怪出来了！”

“三根手指的妖怪？”

“是呀，是呀，叔叔，可怕！好可怕！就在对面，看，就在阿玉的坟墓旁边！”

这时，隆二和良介赶了过来，三郎也随后踉跄地跑过来。

“铃子，这种时候，你干吗跑到这里来转悠？”隆二用强硬的语气问道。

"因为，因为……我……去拜阿玉的坟墓。结果……结果……三指的妖怪跳出来……"

此时，从对面传来糸子老夫人急切地呼唤铃子的声音，铃子哭着跑了过去。男人们一头雾水，面面相觑。最后银造说："总之去看看吧。"

说完，他第一个迈出步子。

"我——去拿提灯。"三郎说完便回去了，但很快提着提灯追了上来。

那是一柳家的东北角，在隔开偏院的篱笆外侧，四周种满了高大的榉树和栎树，地上的落叶堆积如山。落叶中有一个小小的土冢，上面立着白木柱作为墓碑。墓碑上歪歪扭扭的一行字多半是三郎的手笔，写着"玉公之墓"，前面插着两三朵白菊花。

一行人以坟墓为中心，在树下寻找，没有发现什么奇怪的东西。用三郎拿来的提灯照向地面，因为附近到处都是厚厚的落叶，也没有发现称得上足迹的东西。他们又分散开来，在房子周围寻找，但哪里都没有奇怪的身影。

"然后一行人回到客厅，把铃子叫来，问了很多问题。那个姑娘的话听起来完全不得要领——什么去拜猫的坟墓，大半夜的，这么做很奇怪。像我刚才说的，那姑娘怕是有梦游症。从昨天开始，她就对莫名其妙死去的猫念念不忘，然后半夜起来去拜，发现了奇怪的男人，结果一下子醒了。我想就是这样。当时她是半梦半醒之间，发现坟墓对面蹲着一个奇怪的男人。那人戴着个大口罩，几乎把脸全都遮住，看起来像是张着一张大嘴。铃子啊的一声要逃走，那人好像要抓住铃子，伸出右手，右手上只有三根手指……这些是铃子的话。我说过，那姑娘脑子有点儿问题，智力低下，也许她说的不能当真。但是我觉得，在这个家里，那姑娘是最能信任的，至少她不会故意说谎。所以我认为，她如果说看见了，那就一定是看见了。还有，也留下了能证明三指男人在那附近的证据。”

“证据？我真想看看。”

“是这样的。天亮后我们再次调查了猫的坟墓周围，本想看看能不能找到什么足迹，可惜落叶太厚，没能找到。但是，我们发现了比足迹更有力的证据——指纹，三根手指的指纹。”

“指纹留在哪里？”

“墓碑上……在猫的坟墓上，清晰地印着沾有泥土的三根手指的指纹。”

耕助又噘起嘴吹了个口哨。“确定是那三根手指的指纹吗？”

“嗯，今早警察来过，经过检测，就是那个指纹。所以昨天晚上，三根手指的怪物又来到这里，这毫无疑问。”

银造用钢铁一般的眼神直直地望着耕助，眼神里明显可以看出深深的疑惑。

“猫的坟墓是什么时候建好的？”

“据说是昨天傍晚。前天早上，也就是婚礼当天的早上，猫的尸体就埋下去了，但当时找不到合适的墓碑。昨天铃子磨着三郎找来墓碑，是女佣阿清带着铃子在傍晚一起立的。警方找阿清调查过，当时肯定没有那样的指痕。削好的白木上要是有那样的痕迹，阿清和铃子马上就会注意到。”

“那么昨天夜里三指男人肯定又回来了。可他是为了什么回来的呢？还有，为什么要接近猫的坟墓？”

“关于这个，三郎是这么看的。凶手肯定忘了什么东西，才回来取……这么说来，当时铃子也说，有人动过猫的坟墓，坟包的形状和昨天不同……警察听说后马上挖开了坟墓……”

“找到什么了？”

“什么都没找到。柑橘箱子大小的白木箱里只有小猫的尸体……没有什么奇怪的东西。”

“猫下葬是前天早上吗？”

“是的。当晚不是有婚礼吗？猫的尸体要是就那么放着，不吉利。铃子说被母亲骂了，二十五号一大早就埋下去了。我想这姑娘说的话都是可信的。”

耕助随后又调查了案件发生的偏院。

按理说，案件发生后，除了警察，别人是不允许随便到现场附近的，金田一耕助却可以。一柳家的众人和村民对此都觉得非常奇怪，给我讲这个故事的老人们是这样说的：“那个年轻人对警部偷偷说了些什么，警部就吓得够呛，态度马上一百八十度大转弯，点头哈腰，我们记得可清楚呢。”

由此可见，这个青年给村里人留下了一种神秘的印象。根据F的说法，耕助是从在中央政府身居要职的朋友那里拿到了一封介绍信。

“那人来此地之前，在大阪做过一些调查，那起案件据说相当重大，某政要给他开了一张身份证明。对于地方来说，中央政府的证明比神的指示还管用。不管是警察局长还是司法主任，都得唯命是从。”

但警察局长和司法主任对这位青年抱有好感，也并非完全因为中央政府的证明。把所有人的话综合分析可以看出，这个青年锲而不舍的态度和多少有些口吃的说话方式非常惹人注意，令人实在难以拒绝他的请求。

负责此案的矶川警部也发觉了金田一耕助与众不同的气质。这天上午，他一直在指挥村里的青年团。过了正午回到一柳家，他遇见了耕助，马上被这个青年的气质吸引，将自己查出的事实和盘托出。在这些事实中，耕助最感兴趣的是贴在相册里的三指男人的照片，和炉子中发现的、烧剩下的日记残片。听到这几件事的时候，耕助呵呵地笑着，五根手指不停地抓着一头乱发，这是他兴奋时的癖好。

“那、那个，照片和日记的残片，现在在哪儿？”

“在总社町的警察局。要取来给你看看吗？”

“要、要是可以的话……嗯，其他相册和日记本还在书斋里吧？”

“是的，要我带你去看看吗？”

“好、好，那、那就请您……”

耕助被警部带进贤藏的书斋，把相册和日记本全都翻出来，噼里啪啦地翻了一遍，马上又全塞回书架。“这些还是以后慢慢调查吧。能带我去看案发现场吗？”

二人正要离开书斋，刚走到门口，耕助好像忽然注意到什么，像钉子一样定在原地。

“警部。”过了好一会儿，耕助回过头看着矶川警部，脸上显出说不出的奇怪表情，“警部，您为什么没告诉我那件事？”

“那件……那件是什么事？”

“你看，书架上摆满了书……这、这不是侦探小说吗？”

“侦探小说？哦，啊，对对对。可是，侦探小说和这个案子……”

耕助没有回答，而是走到书架前，瞪大双眼，呼吸似乎也变得急促，盯着架子上排列的侦探小说。

耕助这么吃惊也不是没有道理。那里几乎网罗了国内外所有的侦探小说。从早期黑岩泪香翻译的版本，到柯南·道尔全集、亚森·罗平探案集，还有博文馆和平凡社出版的翻译侦探小说全集。日本的则有江户川乱步、小酒井不木、甲贺三郎、大下宇陀儿、木木高太郎、海野十三、小栗虫太郎等人的著作，一册不缺，全部集齐。不光如此，还有未翻译的原版，例如埃勒里·奎因、狄克森·卡尔、克劳夫兹、阿加莎·克里斯蒂等等，简直就是个侦探小说图书馆。

“到、到、到、到底，这、这、这是，谁、谁、谁的藏书？”

“是三郎的。他是个狂热的侦探小说迷。”

“三郎——三郎——刚才您说，贤藏保险费的受益人就是他，而、而、而且，他，最、最、最有不在场的证明，是吧？”

耕助又开始胡乱挠着一头鸟窝似的乱发。

侦探小说问答

这个案子结束后，金田一耕助曾经透露过一些当时的想法：

“说实话，最开始接触这起案件的时候，我并不是很感兴趣。报纸上说的三指男人固然奇怪，除此之外也有很多谜团和疑问，但都和案件的核心毫无关系，是因为偶然的因素才出现的。如果把这些偶然的外衣一件件剥去，剩下的就是三根手指的流浪汉流窜作案，这不就是非常普通的案子吗？银造叔叔对我有恩，我必须来帮忙，但如果是如此平淡无奇的案子，我可受不了。在踏进一柳家大门的时候，坦白地说，我是这样想的。从看到三郎的书架上摆满了国内外的侦探小说时开始，我才真正对这个案子产生了兴趣。那里发生了密室杀人的命案，同时又有许多以密室杀人为题材的侦探小说。这难道是偶然吗？不，这不是我一开始认为的普通犯罪，而是凶手深思熟虑后计划的案件。计划的蓝本不就是这些侦探小说吗？这样想来，我忽然产生了一种难以言喻的喜悦。凶手提出了密室杀人的问题，向我挑战。这是用智力向我挑战。那我就应战吧，来一场智力上的较量。这是我当时的想法。”

可惜矶川警部肯定觉得耕助的兴奋太孩子气，毫无道理。

“怎么了？侦探小说是很有趣，可你不去看现场了吗？再磨蹭天就要黑了。”

“啊，是、是啊。”

耕助从书架里抽出五六本小说，噼里啪啦地翻着，被警部这么一提醒才注意到，把书放回了原处。他看起来很爱不释手，警部也忍不住想笑。

“看来你很喜欢侦探小说啊。”

“啊，也、也、也不是那样。有很多东西能帮上忙，我就随便看一眼。请您带路吧。”

那天警方在搜山，刑警和巡警都不在现场。警部便自己扯下大门上的封条，把耕助带到偏院。

因为关着防雨窗，偏院主屋里面非常昏暗，只从楣窗投射进来白蒙蒙的光。十一月的太阳落山早，在黄昏没有生火的房间里，肉体上和精神上都有些寒冷。

“要把防雨窗打开吗？”

“不用，暂且关着吧。”

警部打开了八叠大的房间的电灯。

“除了尸体以外，其他物品的位置和案发时完全一样。屏风就倒在书房的柱子和纸拉门之间，后面就是新娘和新郎倒在一起的尸体。”

警部详细说明当时两人的位置。耕助一边嗯嗯啊啊地搭着话，一边问道：“这样啊，就是说新郎一头栽倒在新娘脚边？”

“是的，是的。新郎的头靠近新娘的膝盖，仰面倒地而死。我之后给你看看照片吧。”

“啊，那拜托您了……”

耕助又望向金屏风。

鲜艳的金粉上清晰地印着三个义甲的痕迹，像熟透的草莓一样，已经开始发黑了。由血痕到屏风顶端有一道浅浅的割痕，也略微沾了些血迹，大概是凶手挥刀时，沾血的刀刃碰到的。

耕助随后又检查了少了一根弦的琴。琴弦上血的颜色已经像生锈的铁一样变黑了。“弦柱是后来在外面的落叶堆里发现的，是吗？”

“对，没错。从这点来看，凶手肯定逃到西侧的院子里了。”

耕助检查了剩下的十二个弦柱后，忽然抬起头。“警部，看、看、看、看一下这个！”

他口吃得很严重，警部不知道发生了什么，马上凑过去看。“嗯？有、有、有什么啊？”

“哈哈哈，警部您太坏了，不用学我口吃吧。”

“不，我没有，是让你给影响的。你发现什么了？”

“您看，这个弦柱。其他十一个是一套，上面雕刻着波浪和鸟的图案，只有这个是空白的，什么图案都没有。就是说，只有这个弦柱不是这张琴上的。”

“啊，果然如此，我都没有注意到。”

“落叶堆里发现的是什么样的？和这些是一套吗？”

“嗯，是的，有波浪和鸟的图案。只有这个混在里面，这意味着什么呢？”

“也许有意义，也许没有意义。大概是其中一个弦柱丢了，便从其他琴上拧下来一个。那个，储藏室是在里面吗？”

耕助按照警部的说明，在储藏室和厕所里看了一圈，又仔细观察了柱子上沾血的三指指纹，以及西侧防雨窗内侧留下的沾血的掌痕。在涂满红漆的木头上，指纹和掌痕也已经沉淀成黑色。

“原来如此。因为涂的是红漆，所以指纹和掌痕发现得比较晚。”

“嗯，是的。尤其是那扇防雨窗，你看它最靠近防雨窗套吧？打开西侧的防雨窗时，那扇窗子就缩进套子里，所以如果不把防雨窗全部关上，就无法看到掌痕。”

那扇防雨窗上还留着源七用斧子劈砍的裂痕。

“原来是这样。人们发觉案件后也是从这里进去的吧？当时防雨窗肯定也缩进套子里去了。”

耕助拨开插销，打开防雨窗，光线一下子闯进来，把二人晃得睁不开眼睛。

“屋子里就先这样吧。能带我到院子里看看吗？啊，等一下，源七就是透过这个楣窗看里面的，是吗？”

耕助只穿着袜子，站到防雨窗套外面巨大的洗手池上，伸长脖子，从楣窗向里望去。警部从大门处把二人的鞋拿过来。

然后二人来到院子，警部一一指明一旁插过日本刀的石灯笼和发现弦柱的落叶堆。

“嗯。没有发现足迹吗？”

“嗯，没有。我来的时候，这一带已经被踩得不成样子了。但久保先生可以证明，雪上没有任何足迹。”

“哦，这样啊。雪上没有足迹，所以最先到达的刑警和巡警就没有什么顾虑了，直接踩在雪地上。插着镰刀的樟树就是那棵吗？”

耕助从庭院的各个位置眺望四周的情形。

“不错，看来最近有花匠来过，修剪得很整齐。”

西侧围墙旁边的松树也修剪得很整齐，还用五六根崭新的青竹和绳子绑住松枝。耕助跳上院子里的观赏石，仔细看着青竹内部。警部不禁笑出声来：“怎么，凶手难道躲在竹子里不成？”

听见警部的嘲笑，耕助笑嘻嘻地抓着头发说：“是的，是的。凶手也许就是躲在竹子里逃走的。这根竹子里面都打通了，一直通到底。”

“什么？”

“花匠即使用竹子绑树枝，也不会一个个把里面打通。你看这树枝，牢牢地绑着两根竹子。从绳结的系法可以看出，一根是专业人士的手法，而这根完全贯通的竹子则是外行人捆的。”

警部惊讶地来到旁边，向竹子里面窥视。“的确，竹子是通的。这意味着什么？”

“是啊，奇怪的地方插着一把镰刀，用贯通的竹子绑树枝，这些不会没有意义。我现在还不太明白……啊，请进。”

耕助冷不防的一句话让警部一回头，只见隆二和三郎站在柴门旁边，后面跟着银造。

“可以进来吗？”

“可以可以。哎，警部，没关系吧？”耕助趁警部回头时说道，“竹子的事，暂时保密。”说完，耕助来到柴门迎接三人。

隆二和三郎好奇地环视四周，银造则板着脸孔跟在后面。

“你们在案发后还没来过这里吧？”

“是的，怕给警察添麻烦。三郎，你也是第一次来吧？”

三郎默默地点了点头。

“当时大致的情形，良介都已经详细告诉我们了。怎么样，有新发现吗？”

“这可是个复杂的案子。警部，可以把防雨窗打开吗？”

耕助从刚才出来的西侧外廊进入房间，打开了南侧的两三扇防雨窗。

“请大家到这里来。叔叔，您也过来。”

隆二和银造坐到外廊上，三郎站着，静静地向偏院里面观望。警部在稍远的地方打量着这几个人。

耕助笑呵呵地说道：“怎么样？三郎，你有什么想法吗？”

“我……”注视着防雨窗内侧的三郎神色慌张地看了耕助一眼，“我？为什么是我？”

“你不是个侦探小说迷吗？你能用解开侦探小说里诡计的知识解开这个案子的谜团吗？”

三郎的脸微微涨红，眼中却浮现出轻蔑。“侦探小说和实际生活可不一样。侦探小说里，凶手只能是登场人物中的一位，可实际生活里就没有这样的问题。”

“这么说也有道理。可是这个案子，凶手不一定就是三指男人，不是吗？”

“那、那我可不知道。”

“你还在读侦探小说吗？”隆二稳重地从旁边插了一句。他的脸上没有什么特别的表情。

“嗯，还在读。侦探小说给我很多帮助。当然实际生活和小说不一样，但这种思维方式，也就是抽丝剥茧的推论方法，对什么样的生活都是有帮助的。这次的案子是密室杀人，我一直在绞尽脑汁，想有没有和这个类似的侦探小说。”

“密室杀人是什么？”

“就是在里面上了锁的、凶手绝不可能逃走的房间里发生的杀人案。侦探小说家称之为‘不可能犯罪’。作家把不可能变成可能的过程，会让读者感受到魅力。大部分作家都写过这种小说。”

“原来是这样，挺有意思的。可究竟是怎么解决的，你能举两三个例子吗？”

“是啊，问问三郎就知道了。三郎，关于密室杀人的侦探小说，最有意思的是哪一部？”

三郎又露出轻蔑的微笑。他看着哥哥，略带胆怯地说道：“这个嘛，我觉得还是勒鲁的《黄色房间的秘密》。”

“果然，果然啊。那可是经典，永远的杰作。”

“《黄色房间的秘密》是怎么回事？”

“是这样的，在一个内侧上锁的房间里，一位小姐重伤濒死。听到惨叫声后，小姐的父亲和用人赶到，打破房门冲了进来，房间里到处都是血，小姐受了重伤。不仅如此，凶手还不在房间里。嗯，就是这么回事。要说这部小说为什么被称为杰作，是因为它的解决方案完全不使用机械。密室杀人的侦探小说多如牛毛，一般都是机械类的诡计，看到最后让人大失所望。”

“机械类的诡计？”

“就是在上了锁或门闩的房间里杀人，最后凶手用某种方法，例如用铁丝或绳子之类的，在犯案后把锁和门闩锁上。这种方法很难让人认同啊。三郎，你觉得呢？”

“是啊，我也赞成这种观点，但是像《黄色房间的秘密》里那种诡计极为罕见。不过，如果是像那样的作品，使用机械也是可以接受的。”

“哪样的作品？”

“比如狄克森·卡尔的作品。这个人的小说几乎都是密室杀人，或者是密室杀人的变形。这些变形里也有非常精妙的诡计。《疯狂帽商之谜》就有非常精彩的独创诡计。它是严格意义上的密室，也是机械类诡计。不愧是卡尔，不会用铁丝、绳子、事后锁门一类骗人的把戏。《瘟疫庄谋杀案》也是机械类诡计，作者为了掩盖煞费苦心，我感到十分同情。机械类诡计也未必可以轻视。”三郎得意地说着，忽然注意到什么似的，向周围看了看，“哎呀，说着说着天就黑了。我一说起侦探小说就控制不住。”他似乎有点儿冷，缩紧了身体，狡黠的目光在昏暗中扫向耕助的脸。

这天夜里，一柳家再次响起了琴声。

两封信

“耕助！耕助！”

耕助被摇醒，迷迷糊糊地睁开眼睛，已经快破晓了。屋子里开着灯，本来睡在他身边的银造几乎把脸贴在他脸上。银造严峻的神色让他吃了一惊，他马上从被窝里坐起来。

“叔叔，怎、怎么了？”

“我总觉得听到些奇怪的声音。像是弹琴的声音……也许是我做梦……”

二人竖起耳朵听着，但没有什么奇怪的声音。在能听到心脏跳动的寂静中，唯一传来的是一个规律的响声。那是水车的声音。

“叔、叔、叔叔！”耕助牙齿咬得咯咯响，压低了沙哑的声音，“前天凌晨……就是杀人的那天，也有水车响吗？”

银造一惊，用疑惑的眼神盯着耕助的瞳孔。“这么说来……好像听到过……对了，确实听到过……因为听习惯了，就没注意……可是，啊！”

二人几乎同时从床上跳起来，穿上衬衫。

琴再次响了。先是叮叮叮弹琴弦的声音，紧接着是划破空气般的声音。“浑蛋、浑蛋、浑蛋！完了！完了！完了……”耕助一边穿衬衫，一边发狂地大叫。

耕助昨晚很晚才睡。他一直研究矶川警部送来的照片和日记残片，以及从书斋取来的日记本和相册，直到十二点，然后又翻看从书斋里拿出的侦探小说，两点后才睡。否则，一向警惕的耕助不至于……

“叔叔、叔叔，现在几点了？”

“刚好四点半，上次也几乎是同一时刻。”

耕助整理好衣衫，打开防雨窗。今晨也是浓雾弥漫，雾中有两团模糊不清的影子，正好在通往偏院的柴门前面，可以听到男人的低声呵斥和女孩的抽泣。是良介和铃子。

“怎么了？铃子怎么……”银造跑过去，厉声问道。

“铃子好像又犯梦游病了。”

“不是，才不是。我是来拜阿玉的坟墓的。梦游病什么的，不是，不是，不是！”铃子又开始哭。

“良介，你听到刚才的声音没有？”

“听到了才跑过来的，结果发现铃子在这里，吓了我一跳。”

这时，隆二和糸子老夫人也从雾中跑过来。

“站在那儿的是良介？啊，铃子也在。三郎干什么去了？怎么没看见？”

“三郎？他还在睡觉吧？”

“没有，床上就是个空被窝。我听见那个声音后，马上就去叫三郎……”

“金田一干什么去了？”

银造听隆二这么说，在雾中寻找耕助，忽然从偏院传来耕助尖锐的呼喊声：“谁去叫医生来！三郎他……”

后面的话隐没在浓雾中听不到了。众人都如同石头一样定在原地。

“三郎被杀了！”糸子老夫人放声痛哭，用睡衣袖子擦着眼睛。

“妈，您先回去。啊，秋子，我妈和铃子就交给你了，你再去叫医生……”

秋子恰好赶到，隆二、良介和银造三人把糸子老夫人和铃子托付给她，从柴门走进偏院。偏院主屋的防雨窗和上次一样都关着，从楣窗里泄出来的灯光在浓雾中反复折射成一团亮光。

“那边、那边……从西面的外廊进来。”

耕助虽这么说，但他的声音却是从东面的大门口传过来的。众人绕到西面，源七打破的那扇防雨窗开着。从那里跳进去，穿过拉门全部敞开的房间，可以看见耕助蹲在昏暗的泥地上。三人争相跑过去，看到的场景却让他们像冻僵似的呆立在原地。

三郎缩成一团，倒在大门口的三合土上。他的背部从右肩到肩胛骨有一道伤口，鲜红的血汩汩地渗出来，右手死死抓着大门。

隆二一时不知所措，但很快便卷起袖子，跳到泥地上，仿佛要把耕助推开似的趴在三郎上面，然后迅速抬起头。“良介，能去主屋把我的皮包拿来吗？然后让村里的医生赶紧来……”

“三郎……三郎不行了吗？”

“没事，应该没有大碍。伤口的确很深，但……注意点儿……别让我妈受惊了。”

良介马上离开了偏院。

“有什么我能帮忙的吗？”

“没什么，不要动为好。良介正去给我拿包。”

隆二的声音多少有些不客气，银造皱着眉头看着耕助。

“这、这到底是怎么回事？”

“啊……我也不清楚。看上去应该是在对面的屏风那里被砍，然后逃到这里，正要打开大门的时候失去了意识。屏风——你们看到了吗？”

银造和耕助回到八叠大的房间。屏风半倒在上次案发时的位置，但距离顶端三十厘米左右的地方被砍裂，飞溅的血沫像是泼在灿烂的金漆上，未干透的指痕如花瓣一样散落在血沫中。还是只有三根手指，但这次没有戴义甲，能看出模糊的指纹。银造皱着眉头，又看了屏风旁边的琴一眼。琴弦又断了一根，但弦柱还在，就在琴的旁边。

“耕助，你跑来的时候，这防雨窗……”

“还是关着的。我是把手伸进缝隙拨开插销的。叔叔，您看石灯笼旁边。”

银造走到外廊，从刚才进来的防雨窗向院子里看去，发现石灯笼右侧不远处又插着一把日本刀，在大雾中反射着钝光。

这种事想瞒也瞒不住，在乡下传得更快。刚到天亮，不光这个村子，连附近的村子也听说了一柳家的第二起惨案，流言蜚语中一片骚乱。在这样的骚乱中，一柳家又得知了新情况，此事完全改变了局势。

事情是这样的。那天早上九点左右，一个男人从川边村骑自行车过来，要找案子的负责人。当时矶川警部也来了，马上就见了他。此人说了这样一件事。

在川边村的木内医院住着一个女人。她昨天在川边村的交通事故中受了伤，被抬进了那里。听说今早一柳家的事情后，她非常激动。她好像知道些关于案子的事，一定要和案子的负责人见面。她好像知道凶手是谁……

耕助当时就在警部身边，听了男人的陈述，他非常激动。是的，肯定是那个女人，从仓敷一同坐火车来的女人，那个让耕助牵挂，却又在混乱中忘掉的女人。

“警部，我们去吧。那女人肯定知道些什么。”

于是二人骑上自行车，马上赶到了川边村的木内医院，果不其然，就是那天的那个女人。她的手和头缠着绷带，盖着薄被，但气色不坏，很有精神。

“您就是负责这个案子的警官吧？”

她口齿也很利落，丑陋的容貌里有种威严，透出女子学校宿管老师的味道。

警部亮明身份，女人说自己叫白木静子，在大阪的 S 女子学校当老师。她和被杀的久保克子既是同窗，又是闺中密友。

“这样啊，你要对这个案子提供什么线索吗？”

白木静子用力地点点头，从枕头下拿出一个手提包，从中取出两封信，将其中一封先交给了警部。

“请您过目。”

警部拿过信一看，是久保克子写给白木静子的信，日期是十月二十日，即大约一个月前。警部和耕助对望了一眼，吸了口气，迫不及待地抽出信纸。信的内容大概如下：

思念的静子姐姐：

写下这封信之前，我必须向姐姐道歉。姐姐曾忠告过我，结婚前的秘密必须埋葬在黑暗中，挑明秘密绝不会给新婚生活带来幸福。我没有听你的话，把和万恶的T的交往经过全都告诉了一柳。可是姐姐，请你不要担心，我并不后悔这样做。一柳开始也非常吃惊，但最后宽厚地原谅了我。当然那件事——我不是处女那件事，肯定在一柳心中投下了阴影。但是我想，与其保守秘密，始终怀着内疚的心情，倒不如坦白相告，这样才能进入幸福的新婚生活。不管给一柳留下了什么样的阴影，我要用自己的努力和爱情，消除他的阴影。所以姐姐，请你一定不要担心。

克子上

警部和耕助看完后，静子马上递过去第二封。那是十一月十六日，也就是婚礼前九天写的。

姐姐：

我现在心里很乱。昨天我和叔父去了大阪的三越百货商店。（请原谅没有去你那里，因为和叔父在一起。）我们是去买婚礼用的东西。姐姐，你知道我在那里遇见谁了？是T！我当时是多么震惊！姐姐你一定知道。T完全变了模样，彻底颓废了……他和一个流氓模样的青年走在一起。我当然不想和他说话，但是，但是……T趁我叔父不注意，走到我身边，嬉皮笑脸地凑到我耳边说："听说你要嫁人了？恭喜呀……"啊，我当时是多么屈辱和羞耻……姐姐，我该怎么办？六年前，自从分别以来，我再也没有见过那个人。我对一柳也是这么说的，所以一柳才能原谅我。我发誓再也不提T的名字，可是居然遇见了T……在三越百货商店只说了这些，T当时就离开了……姐姐，姐姐，我该怎么办呢？

克子上

看完两封信后，警部非常兴奋。"白木女士，你认为T是凶手？"

"是的，除了T以外，难道还有谁会做出如此恐怖的事吗？"白木静子用在学校教训学生的口吻说道。

警部随后继续发问，静子答道："T真实的名字叫田谷照三，是须磨的富家子弟，和克子认识时穿着某医科大学的制服。其实他根本不是那所大学的学生，只是个三次落榜的人。克子虽然非常聪明，但还没有意识到从乡下独身来到东京的女学生有多危险。田谷就抓住了这个机会。克子当时绝不只是玩玩，而是真心爱对方，打算结婚。可是美梦只持续了三个月。T的欺骗马上就暴露了，克子又知道了其他许多丑事，因此交往四个月时不得不分手。当时主要是由作为克子代理人的我同T交涉。最后见克子的时候，那人还表现得挺有气概，说事情变成这样也无可奈何，这样分手也好。然后他对哭泣的克子说：'放心，不要担心，我不会为这个缠着你的。'真是恬不知耻。之后克子就像信上写的那样，再也没见过T，也没听过T的消息。我倒是听过两三回T的传闻。他后来更加堕落，从小混混到大流氓，加入了黑社会，干过勒索的勾当。如果他见到克子，还知道她即将结婚，肯定不会善罢甘休的。肯定是T杀了克子和她丈夫。”

耕助对这番话非常感兴趣。静子一说完，他就拿出一张照片。那是昨晚矶川警部送来的照片，就是从贤藏的相册上剪下来的、写着“毕生之仇敌”的三指男人。

“白木女士，你看看，T是这个人吗？”

静子稍稍有些吃惊，把照片拿在手里端详，马上用力地摇了摇头，斩钉截铁地说道：“不，不是这个人。T要英俊得多。”

挖坟

白木静子的一番话给金田一耕助和矶川警部带来了极大的冲击。二人从静子的话里得到的信息并非案子真实的情况，但其中隐藏着解决案件的关键，这在后来才被发现。

这点暂且不表。二人从木内医院出来，陷入了沉思。如果仔细观察就会发现，二人都在沉思，但脸色完全不同。矶川警部愁眉苦脸，金田一耕助却一脸喜色。从他一只手握着自行车把、另一只手不停挠头的样子就能看出他有多兴奋。

二人一言不发，一前一后地骑车离开了川边村，不久就骑到了通往冈田村的直路上。耕助冷不防叫住了警部："等、等、等下，警部，稍等一下。"

警部惊讶地停下车，看到耕助走进拐角处的烟店，买了一包樱桃牌香烟，然后和老板娘搭话："老板娘，去久代村是走这条路吗？"

"对，就是这条。"

"走这条路……然后该怎么走？很好找吗？"

“沿着这条路一直走，到冈田村那儿有个村公所，你到那儿问一柳家怎么走。那是个大宅子，很好找，然后你走一柳家正门前的那条路就行。虽然是山路，但是就一条直路，不会迷路。”正忙着织毛衣的老板娘头也不抬地答道。

“啊，这样啊，太感谢了。”

耕助从烟店出来，脸上有藏不住的喜悦。警部不可思议地盯着他看，他却未做任何解释，立刻骑上车。“让您久等了，我们走吧。”

警部想了想耕助刚才的问题，怎么也想不出所以然来，只好满腹狐疑地跟在耕助后面，回到山谷地区的一柳家。

在他们去医院的时候，三郎怎样了呢？他被抬进主屋的一个房间，哥哥隆二和赶来的F医生为他治疗。他伤得相当重，又感染了破伤风，一度有生命危险。但当警部和耕助从川边村回来时，他已稍有好转，可以接受问话了。警部一下自行车，马上走进了病房。但耕助不知为何，不打算参加问话。他下车后马上找到一个刑警，不停地说着什么。刑警听后吃惊地看着他。

“嗯？要去久代村询问？”

“嗯，是的。麻烦你一家一家地问，反正也不会有太多户人家。”

“啊，那倒是……警部呢？”

“我去和警部说。这非常重要……这个先给你。”

耕助交给刑警的，就是刚刚给白木静子看过的三指男人的照片。刑警把照片收进口袋，好像非常疑惑，骑上车走了。目送他出门后，耕助回到大门口。银造等在那里。

“耕助，你不去听三郎说什么吗？”

“不用了。反正我也能从警部那里知道。”

“你让警察去久代村，久代村有什么？”

“嗯，有些……这些事以后再说吧。”

银造看着微笑着的耕助的眼睛，终于满意地叹了口气。

银造明白，耕助已经度过了摸索期。他的头脑，代替放大镜和卷尺的头脑，现在已经搭起了证据和推理的积木。他瞳孔中的光芒就说明了这一点。离揭开谜底不远了。

“在川边村得到什么消息了？”

“嗯，我有话要对您说。这里可不行，我们去那边吧。”

两人一前一后来到客厅。一柳家的人都守在三郎身边，客厅里没有人，对耕助和银造来说正合适。

接下来要说的事对耕助来说非常痛苦。耕助深知银造是如何爱克子，又如何相信克子。说出克子的秘密，就打破了银造的幻想，这会让耕助受到良心上的苛责。但他不得不说。

果不其然，银造非常震惊，一瞬间失魂落魄，双目无神，好像被彻底打垮了。“耕助，这……可是……是真的吗？”

“我想是真的。她没有必要特意撒谎，而且还有克子的书信……”

“克子为什么不告诉我呢？为什么对朋友说……”

“叔叔，”耕助安慰似的摇着银造的肩膀，“对于年轻的姑娘来说，比起亲兄弟和父母，对朋友反而更容易吐露心声。”

“嗯……”

银造一副萎靡不振的样子。但是这个精力旺盛的老人从不会因为一件事一蹶不振，这是他的天性。不久，他回过神来，抬头问道：“然后呢？这是怎么回事？那个T……田谷照三就是凶手吗？”

“警部是那样认为的，白木静子也是。”

“那……那人就是三指男人了？”

“不。我最初也觉得可能如此，还带着照片，可白木静子明确表示不是。警部因此陷入迷茫，非常沮丧。”耕助天真地笑着。

银造疑惑地看着他。“那，耕助，你的想法是什么？你认为那人和这个案子没有关系吗？”

“不，那人和这个案子有非常大的关系——啊，有什么事？”

只见阿清躲在纸拉门后面。她慌慌张张地缩回头。“对不起，我在找二小姐。”

“铃子啊，我没看见。哎，等、等下，阿清。”

阿清被叫住，就站在原地。“有什么事吗？”

“嗯，想问你点儿事。那天晚上，婚礼那天晚上，出席偏院仪式的只有村长夫妇、老夫人和二房夫妇，是吗？”

“是的。”

“那天晚上，老夫人穿的是带家徽的和服。是你叠好收起来的？”

阿清一脸疑惑。“不，不是我叠的。”

“那是谁叠的？”

“谁都没叠。老夫人对自己的衣服非常重视，绝不让别人碰，都是自己叠。这次因为发生了这种事，没有工夫叠，还放在对面的屋子里。”

耕助猛地从榻榻米上跳起来。“对、对、对、对面的屋子？你、你、你，带我去那、那、那里。”

耕助忽然激动起来，女佣害怕得愣住了。她跳着后退了两三步，像要哭出来似的看着耕助。银造也惊讶地站起来，对阿清说：“阿清，不要害怕，我也一起去，你带下路。老夫人的房间是……”

“啊，请这边走。”

“耕助，怎么了？老夫人的和服有什么问题吗？”

耕助重重地点了两三下头。要是开口说话，恐怕还会口吃。

果然如阿清所说，糸子老夫人的家徽和服还挂在涂漆的竹衣架上，悬在横梁下。耕助依次摸索袖兜，脸上忽然现出莫可名状的喜悦。

“你、你、你，阿清，你可以走了。”

看到阿清一头雾水地离开后，耕助把手伸进兜里。

“叔叔，叔叔，我要揭秘魔术了。舞台上的魔术师把怀表放在箱子里，然后变没，再从观众的口袋里掏出来。这种把戏谁都清楚。观众是个托，口袋里早就有一只表。一共有两只表，要诀是魔术师假装把表放进箱子，其实却把表藏起来了。你看，表在这儿呢。”

耕助把手伸出来，摊开手掌，露出一个雕刻着波浪和鸟的弦柱。

“耕助，这是……”银造瞪大了眼睛，呼吸都要停止了。

耕助呵呵笑道：“叔叔，我不是说了吗，这是揭秘魔术，而且是第一步。那晚……啊，请进，请到这里来。”

银造回过头，身穿长袖和服的铃子带着畏怯的眼神站在外廊。

“铃子，你来得正好。我想问你些事。你看，这个，是琴的弦柱，对吗？”

铃子怯生生地走过来，看了看耕助的手掌，默默地点了点头。

“那张琴有个弦柱不见了，你知道是什么时候不见的吗？”

“不知道是什么时候。这次搬出来的时候就不见了。”

“琴是什么时候搬出来的？”

“新娘来的那天。那天早晨，从仓库里搬出来的。因为少了一个弦柱，就换了一个我平时练习用的琴的弦柱。”

“那琴一直在仓库里喽。谁都能进入仓库吗？”

“不是的，平时谁都进不去。但新娘要来，要从仓库拿很多东西啊，所以门一直开着。”

“那大家都能进进出出了？”

“是的，大家都进进出出。饭碗、被褥、屏风，好多东西要拿出来呢。”

“太感谢了，铃子真聪明。对了，铃子。”耕助亲切地把手搭在铃子肩上，笑呵呵地看着女孩的眼睛，“你为什么那么在乎死掉的猫呢？”

金田一耕助后来回忆说，当时做梦也没想到，这个提问竟然有那么重大的意义。他不过是想知道，智力低下的少女心中究竟隐藏着什么悲伤的秘密，以至于每晚都要去拜猫的坟墓。

可是，听到这个问题，铃子越发胆怯了。“阿玉？”

“对，就是阿玉。你是不是对阿玉做什么坏事了？”

“不，不，才没有。”

“那为什么……铃子，阿玉什么时候死的？”

“婚礼的前一天，早上死的。”

“啊，对了，你是第二天早上把阿玉埋下去的，对不对？”

铃子沉默了一会儿，忽然哭出声来。耕助和银造面面相觑，忽然觉得猜到了什么。“铃子，婚礼那天，你没有把阿玉埋下去。你一直在撒谎，对不对？”

铃子终于大哭起来：“对不起，对不起，可是，阿玉太可怜了。自己待在冰冷的墓里，太可怜了。所以我把它放进箱子，藏到柜子里了。然后……大哥被杀了……”

“嗯，嗯，大哥被杀了……然后呢？”

“我吓死了。三郎说，死掉的猫，放久了会变成妖怪，会发生不好的事，把我吓坏了。所以趁着大家为大哥乱成一团，我偷偷地把阿玉埋了。”

这就是铃子可怜的秘密。这个秘密让她非常痛苦，让她患上了梦游症。

“铃子，铃子，就是说，装着阿玉的箱子，在婚礼那天，在大哥被杀的时候，还在你的房间里？”

“对不起，对不起，可我要是说出去了，会被妈妈骂的。”

“叔叔！”耕助离开了铃子身边，但又忽然想起什么，“铃子，好了，好了，你诚实地说了就不用担心了。快，把眼泪擦干去那边吧，刚才阿清找你呢。”

铃子擦着眼泪，啪嗒啪嗒地跑到外廊。耕助马上抓住银造的手腕。“叔叔，去看看，去猫的坟墓。”

“耕助，可……”

耕助没有听银造说什么，皱巴巴的裙裤的裤脚都没有弄好，就飞奔到大门。银造追了上去。

二人马上就到了位于宅子一角的猫的坟墓。所幸昨天挖坟用的铲子还插在那里。耕助拿起铲子，马上开始挖坟。

“耕助，到底是怎么回事？”

“叔叔，那个女孩天真的谎话彻底把我骗过去了。杀人的时候，猫的棺材不是还在铃子的房间吗？”

“那凶手是把什么东西藏在了里面？可是昨天已经挖过一次坟了。”

“是、是、是的。叔叔，现、现在这儿不就是最安全的地方了吗？”

小小的坟墓马上就被挖开了，露出了白木箱子。盖子昨天就被打开过，钉子已经松了，但并未修复。箱子里放着还完全没有变形的可爱小猫的尸体，上面盖着铃子用心做的温暖小被子。

耕助用棍子顶端捅了捅被子，马上弯下腰，从被子下面抓起了什么东西。那是一个油纸包裹，上面用麻绳系成十字结，大小和小猫差不多。

银造不禁目瞪口呆。昨天确实没有这样的东西。

耕助把油纸弄破一角，看了看里面，马上拿到银造的眼皮底下。

“看、看、看、看啊，叔叔，果、果、果、果然有这个。”

银造从小孔向里看去，巨大的震惊让他一下子觉得脚下的土地都晃动了。

他恐怕这一辈子都忘不了当时的震惊。事实上，此后他还见到了更多具有冲击力的发现，但都没有当时那样震惊。

惊倒矶川警部

“你们俩去哪儿了？”矶川警部见到耕助和银造从对面走来，很奇怪地问道。

“啊，散散步。”

“散步？在院子里？”

“嗯，啊，是的。”

警部感到奇怪，端详着二人，面如土色的银造引起了他的注意。“怎么了？发生什么了？”

“没什么，没什么。”

“到底怎么回事？你拎的是什么？”

“啊？这个？”耕助晃着包在手绢里的东西，笑呵呵地说，“这是礼物。”

“礼物？”

“是的。对了，警部，三郎怎么说？别光问别人，您也说说呀。”

“这个啊。请到这里来。久保先生，您哪里不舒服？脸色可真不好……”

“我把克子的事告诉叔叔了，他正伤心呢。三郎说什么了？”

“这个嘛，完全没有头绪。不过金田一先生，这次可有你一半的责任。”

“什么，我的责任？这从何说起？”

“昨天你不是和三郎探讨侦探小说了吗？那可刺激了三郎。不是说过密室杀人吗？三郎为了破解这个秘密，昨晚偷偷溜进偏院了。”

“哦，这样啊。他……然后呢？然后怎么了？”

“他进了偏院主屋后，把门窗从里面都锁上了，制造了和这个案子相同的环境。正在行动时，他觉得储藏室里好像藏着人。虽然没有声音，但能感觉到，怎么都觉得有个人在那儿，似乎能听到人呼吸的声音。于是他忍不住去了储藏室……”

“哦？然后呢？”

“三郎刚一打开储藏室的门，里面就蹦出来一个男的，手里挥着一把明晃晃的刀。三郎大叫一声往外跑，刚跑到屋里，就被从背后连着屏风砍了一刀，然后就失去意识，什么都不记得了，连爬到大门口的事都不记得了。”

“原来如此，对方长什么样？”

“就是一瞬间的事，而且光线昏暗，再加上胆怯，他说没有看清对方的相貌，这也不是没有道理。但是感觉那人戴了一个大口罩……就是这样。”

“也没有看到手指，对吧？”

“当然，没有工夫注意得那么细。可是从留在现场沾血的指纹看，确定是三根手指无疑。”

耕助和银造交流了一下眼神。“那……三郎就说了这些吗？”

“是的，就是这样。我也想听到些有用的话，结果期望落空了。金田一先生，我这担子可越来越重了。这次的案子关系到那个姓田谷的男人。三指男人和田谷有没有关系，一想起来就头疼。”

“哎呀，可别丧气，马上就有好消息了。”耕助坐到外廊上，“对了，差点儿忘了。刚才我让一个刑警去久代村了。”

“是木村吗？久代村里有什么？”

“嗯，有点儿事情要调查。叔叔，我们走吧。”

“你们去哪儿？”警部口气严厉地问道。

“散散步。就去那边。警部，您还要待在这里吧？”

警部疑惑地看着耕助。

“您能不能顺便问问隆二？隆二是案发那天早上来的，对不对？可是前一天，就是二十五号婚礼当天，中午刚过，有人看见他在清音站下车，这可以证实。您能问问他为什么要撒谎吗？”

“这、这、这是怎么回事？”

“哈哈哈，警部，您可不要学我了。叔叔，咱们走吧。”

耕助和银造把呆若木鸡的警部留下，转了一圈后，从后面的木门走了出去。

后门就是婚礼当天那个怪人出现的地方，在宅子西侧，从那里一出去就是架在小河上的土桥。二人跨过土桥，沿着小河对面的道路向北走去。

“耕助，我们去哪儿？”

“我也不知道。但就是天上掉钱，也得端着盆出门才能接到。我们到那边走走看吧。”

耕助一直提着那个手绢包起来的小包。沿着小河一路向北，一柳家低矮的围墙尽头有一间水车小屋。水车现在没有运转。

从水车开始，路忽然变窄，沿着山崖向东拐了一个急弯。转过弯，二人眼前出现了一个大水池。

在冈山县，这个地方被誉为粮仓，水田非常发达，到处都挖有灌溉用的池子，这样的风景并不罕见。不知为何，耕助一看到水池便停住脚步，好奇地望向池中。正好有个农夫路过，耕助马上把他叫过来。

“喂、喂，这个池子每年都要放水，是不是？”

“对、对，每年都放。”

“今年已经放过了吗？”

“还没有……其实每年都是十一月二十五号放，今年不是一柳家有婚礼吗？大家都去帮忙了，因此延到下个月五号。”

耕助不知为何，一脸失望。“是这样啊。那一柳家应该知道这件事吧？”

“肯定知道，这个池子是一柳家上一代的作卫挖的，放水的时候要先向一柳家申请许可。虽然只是个形式，但也是个不成文的规矩。”

“这、这、这样啊，多谢了。”

告别农夫，二人又缓缓地登上山崖。银造什么也没问，但好像清楚耕助要找什么，只是默默地跟在后面。不久，山崖又拐了一个小弯。来到拐角处，耕助忽然停下来大喊：“啊，就是那个！”

转过拐角后，正对面有一块狭窄的平地，那里有座比一张榻榻米略大、黏土堆砌的半圆柱形建筑，是个炭窑。

这一带并没有专门从事烧炭业的人。因为离山里近，比起烧炭，直接砍柴更划算，但村民中稍微富裕的会烧炭自用。他们都是自己填土加瓦造炭窑。因为是自家用，规模很小，只能烧六七袋炭，最多不过十二三袋。因此，炭窑的面积比一张榻榻米略大，高度仅到成人的胸口。

耕助看到的就是这样一个炭窑。刚烧好的炭被人从窑里取出，在外面码了一堆。耕助见状马上跑了过去，缩起身子把头伸进狭窄的入口。炭窑里有个裹着脸的男人，正趴着收集碎炭。炭窑里大部分的炭都已搬出去了。

“喂，喂。”耕助喊道。那人吓了一跳，在昏暗中转过头来。“有点儿事问你，能出来吗？”

那人磨蹭了大半天，终于抱着装满碎炭的簸箕爬出炭窑。他的脸和手被炭弄得漆黑，只有眼睛闪闪发光。

“有什么事？”

“你上次在这儿烧炭是什么时候？这件事可非常重要，能如实告诉我吗？”

在乡下，稍微有点儿风吹草动，全村马上就都有所耳闻。昨天全村就都知道了，这个身材矮小、相貌平平、裙裤满是褶子的青年即是有名的侦探。因此，这个烧炭的男人一听问话，立刻慌慌张张地掰着手指算起来。

“在这儿烧炭啊，肯定是二十五号的傍晚。嗯，肯定没错。因为正好是一柳家婚礼那天。”

“那烧炭的木材呢，你什么时候放进炭窑的？”

“木材吗？嗯，是在前一天，就是二十四号。那天塞了一半，天就黑了，我就走了，第二天傍晚才把剩下的放进去，然后生上火。”

“这之间有什么奇怪的事吗？让你觉得不同寻常……”

“啊，二十五号傍晚生火后，晚上我来看过好几回。对，就是二十五号，不是下了一场大雪吗？总有股奇怪的味道，像是烧皮子的臭味。我想可能是死猫，结果不是，是有人使坏，把破衣服和鞋从烟囱里扔进来了。你看，我扔在那边了。”

衣服已经缩成一团，看不出形状。鞋烧得焦黑，还保持着原形。耕助用手杖捅了捅。

“我可以进去吗？”

“可以是可以，但里面什么都没有了。”

耕助也不挽裤脚，缩紧身子进到里面，在黑暗中摸索了半天，忽然狂叫起来：“你、你、你！”

“啊、啊、啊！”

“哈哈哈，你怎么也模仿我？对不起，请你快去一柳家，把警部叫来。要是巡警、刑警们都在，也一起叫来。再拿两三把铁铲来。”

“老、老、老爷，那里怎么……”

“马上就知道了，快去！”

漆黑的石头一样的烧炭男人跑开了。鼻头乌黑的耕助走了出来。

“耕助，果然这里面……”

耕助只是默默地用力点点头。对银造来说，这就足够了。他没有继续追问，耕助也保持沉默。秋天的晴空中响起小鸟的叫声。

不久，警部带着三名拿着铁铲的警察赶来了。大家都非常震惊，呼吸十分急促。

“金田一先生，怎么回事？”

“警部，请把炭窑挖开，下面有一具尸体。”

“尸、尸体……”烧炭男人发出一声山羊啼鸣般的惨叫。

警察们没有管他，正要进窑，银造急忙制止：“请稍等，这样可是挖不完的。你，这个炭窑是你的吗？”

“是、是的。”

“以后赔给你，我们把这个外壳弄开行不行？”银造指的是炭窑的顶部。

“好、好的，没关系。可是尸、尸体，这怎么可能！”

烧炭男人简直要哭出来了。炭窑毕竟只是外行人用黏土做的，三两下就弄开了，昏暗的炭窑中马上洒进了阳光。碎土完全清除掉后，警察们跳到里面。警部、耕助和银造在上面盯着铁铲。

不久，土被挖开，一只脚露了出来，有一种说不出的恶心颜色。

“呀，还是裸体。”

“金田一先生、金田一先生，这到底是谁？和这个案子……”

“好了，您看着，马上就知道了。”

尸体仰面躺着，消瘦的腹部和胸部露了出来。一看尸体的胸部，警察就大叫起来：“啊，这、这是被杀后埋下的。看，胸口有个大洞！”

“什、什、什、什么？”这下轮到耕助吃惊了。他一下子跳了下去。

“耕助，这男人不应该是被杀的吗？”

“我……我……我……怎么会……怎么会……”

“你们快把头挖出来！”

警部一声令下，脸部周围的土立刻被挖开。警察又一次惊得大叫起来：“警部，这、这是那个人。看，脸上有大伤口。三指男人……”

“什、什、什么？”警部踮起脚，看了看尸体的脸，眼珠都快掉出来了。没错，令人恶心的尸体的脸上，从嘴唇右端到脸颊有一道长长的缝合线，简直就像嘴裂开了一样。“金田一先生，这到底、这到底……啊，对了，你、你，把他右手挖出来，右手！”

右手挖出来后，警部和众警察又怪叫了一声。尸体竟然没有右手，被齐腕砍断了。

“金田一先生！”

“很好，很好，警部，这就说得通了。给，这是礼物。”

警部布满血丝的眼睛目不转睛地盯着耕助，又低下头看看耕助递来的那包东西，那是耕助一直提在手上、用手帕包住的东西。

“请打开看看。是我从猫的坟墓里找到的。”

警部用手一碰，就知道了里面装的是什么。他深吸一口气，用颤抖的手指解开手帕，弄断麻绳，打开油纸。里面露出的正是齐腕砍断的右手，手上只有三根手指：拇指、食指和中指……

“警部，这就是按指纹用的印章。”

耕助的实验

这天晚上，金田一耕助通过完美的实验，一举解决了这起奇特的密室杀人案。关于这件事，被特邀出席的F医生在备忘录中有详细记载，我就借用原文吧。从这份备忘录的其他部分可以看出，F医生的性格很有职业特点，非常冷静，不为外物所动。但在描述这一部分时，他还是万分惊讶，异常激动，因此我尽量把备忘录修改成客观冷静的文字。我认为，这最适合此案的结局。下文中的“我”，自然指的是F医生。

F医生的备忘录摘选

恐怖的三指男人的尸体被挖出来没多久，那个来到一柳家的奇特青年金田一耕助便说今晚做实验，邀我参加。

尸体被挖出来后，是我最先做的尸检。当时，金田一对我说：“无论你在尸体上发现了多么意外的事实，请先不要公布，在我做完实验前，请保持沉默。”

他为什么这么说？我马上明白了其中的一半意思。检查完这具恐怖的尸体时，我发现了非常意外的事实，大吃一惊。但为什么不马上公布，为什么必须延迟到晚上，我还不明白。

尽管如此，我不得不佩服这个青年身上那种堪称神秘的洞察力。听说，那尸体被挖出并不是偶然，而是因为金田一的指示。这样看来，即使他不是明确地知道尸体在那里，也一定知道三指男人已经死了，甚至预见到我会从尸检结果中得出意外的事实。那个一眼看上去其貌不扬、头发似鸟窝的口吃青年，在我看来不可思议，这也不是没有道理，所以我二话没说就按他说的做了。同时，我也非常期待当晚的实验。

所谓实验，如下所述：

按照约定，当晚九点左右，我来到一柳家，马上被带到了偏院。刑警木村在偏院的柴门前站岗，看到我后立刻把我带到大门口。偏院主屋的防雨窗全都关上了。进入案发的房间，我看到四个男人围着火炉，默默地抽着烟。这四人是金田一、矶川警部、久保银造，以及一柳家唯一出席的隆二。从他们因紧张而苍白的脸色中，我越发感到事情重大。

金田一看到我后，马上把烟灰倒进了火盆。“好，大家都到了，开始实验吧。”他神采奕奕地站起来，“本来这个实验是要等到犯罪时间，即凌晨四点左右做的，但那样就让大家等太久了，因此修改了时间。这个实验必须进行一些人为的操作，这一点请事先明白。”

说完，他把两根手指含在嘴里，吹了一声尖锐的口哨。与此同时，防雨窗外面传来由东向西的跑步声。我们心里一紧，面面相觑，金田一笑道：“别担心，是木村。刚才说的人为的操作，就是由他来做。”

说着，金田一站在壁龛前面，拉开了屏风，这个屏风从我进来时就放在对面。大家顿时瞪大了眼睛。

屏风后面放着一个真人大小的草人。

金田一笑着说道："这是我请源七弄来的。当时有两个人，但实验只要这一个就够了。大家都看到了，这个房间和案发当晚一模一样，比如西侧纸拉门的开合大小……屏风是这样放在这儿的，另一侧就是尸体。"

警部过来帮忙，金田一把屏风摆在了和那晚相同的位置上。忽然，他伸出双手，让我们安静。一开始我还不明白他的意思，但马上就意识到，他在让我们听水车的声音。

刚才还静止的水车忽然转动起来，发出咕叽咕叽的缓慢转动的声响。我们不由得面面相觑。

"是木村在启动水车。诸位都知道，那个水车不是一直转，只有使用时才引水启动。最近，白天田里的工作很忙，周吉总是在凌晨四点左右去那里舂米。于是，每天四点左右，水车才开始转动。"金田一快速地说着，来到外廊，随后又马上返回，手里拿着一把日本刀和两根线，"这把刀那天藏在壁龛后面的储藏室里。这个嘛……就是琴弦。"金田一把琴弦越过屏风，从外廊拽进房间。仔细看去，那不是两根线，而是对折成两段的一根琴弦。他在弯折处缠了两个圈，把刀柄穿进去，并在护手处固定，让刀稳稳垂下。"警部，有劳了……"

警部把草人抱了过来。金田一左手抱草人，右手握刀，立于屏风内侧。我们都屏气凝神地看着他。缠绕在刀柄上的两段琴弦最初从屏风上面垂下，但不久就像有人从屏风后面拉住似的，逐渐向后退。银造见状瞪大了眼睛。

“啊，是水车……”

一瞬间，琴弦陡然绷紧。刀的护手已经到了屏风上面。金田一马上按住草人，哧的一声，把刀插进了草人的胸口。

“啊……”警部、银造和隆二握着拳头，不禁屏住呼吸。

金田一松开手，草人啪嗒一下倒在地上。失去牵制的日本刀又回到了屏风上，但一转眼便被拉着消失在屏风的另一侧，同时，传来撞击防雨窗的声音。

我们马上追出去，飞奔到西侧的外廊。两段琴弦垂在楣窗下面，随着水车的转动被向外拉去。日本刀的护手撞在楣窗的角上，几次被弹起，但最终还是通过了楣窗，顺利来到外面。同时传来哧啦一声，从楣窗上掉下了什么东西。

金田一捡起掉落的物体，拿到银造面前。“请看，这是你们那晚进来后，在外廊找到的布手巾……这是楣窗没有被划坏的原因。”

金田一打开了防雨窗，我们马上跑了出去。我们都光着脚，但由于过于吃惊，谁都顾不上这么多了。

正巧月亮升起来了，院子里不太暗。日本刀就垂在我们眼前，缠绕在护手上的两段琴弦已经左右分开，左侧的那根从石灯笼的灯孔中穿过，向西延伸。另一根则伸向厕所的屋顶。金田一用手电筒照向厕所的屋顶。

“啊，弦柱！”警部大叫。

凸出来的屋顶的一角上固定着一个弦柱，琴弦在弦柱的凹槽中滑动。随着水车转动，两段琴弦分别被向左右拉动，不久，弦柱和石灯笼之间的琴弦紧紧地绷成了一条直线。不用说，日本刀正悬在中间。

“水车的力量、石灯笼和弦柱的稳定性，三者中最弱的会被打破。”

水车发出吱呀的响声，琴弦绷得越来越紧。终于，弦柱嘣的一声飞了出去，琴弦马上松了下来。

“警部，请找一下弦柱。多半掉在落叶堆里了。”

警部马上去找，果然在落叶堆旁找到了。

刚才一度松弛的琴弦马上又徐徐绷紧，金田一用手电筒照亮了樟树的树干。

“镰刀……”

果然，一把经过细致打磨的镰刀牢固地插在樟树上。琴弦在锋利的刀刃和刀柄之间的夹角上运动。金田一又照向樟树另一侧。

穿过刀刃的琴弦一直向西。随着琴弦不断绷紧，后面山崖上垂下的五六根竹子也被压弯。不久，琴弦在镰刀和石灯笼间也绷成了一条直线。日本刀还悬在中间，和上次相比更接近石灯笼。

“水车的力量、石灯笼、镰刀的稳定性以及琴弦的强度，四者之间最弱的会被打破。”

就在此时，被琴弦压住的五六根竹子弹了起来，琴弦叮叮作响。同时，镰刀噌一下割断了琴弦，发出哐啷哐啷的声音。日本刀在空中转了三圈，猛地插在了石灯笼旁边。

“怎么样，叔叔，那晚刀也插在这附近吧？”

没有人回答。黑暗中只能听到急促的呼吸声。所有人都瞪大了眼睛，凝视还在摇晃的日本刀。

“那么，来看看琴弦去哪儿了。”

金田一一出声，大家才如梦初醒，来到院子深处。断成两截的琴弦越过层层枝丫，被拉向远处，最后都进入了支撑松树的竹子里。

“看到这里就可以了吧。琴弦会穿过竹子，卷在水车的轴上。水车轴上缠了很多废弃的绳子，应该没人会注意到还缠了两三根琴弦。”

银造发出沉闷的低吼，警部大骂“混账”。我们又回到防雨窗边，隆二忽然停下说道：“可是，那个弦柱……似乎没有必要吧？”

“弦柱？那是为了不让刀留下痕迹。请看，从樟树到楣窗距离太远。如果中途没有支撑物，刀从楣窗出来后会拖到地上，留下痕迹。弄出这套装置的人可不想这样。不光是弦柱，屏风，还有对面的竹子，都被巧妙地用来不让刀和琴弦在榻榻米和地面上留下痕迹。屏风也好，镰刀也好，石灯笼也好，竹子也好，都是原来就有的，使用它们作为作案工具非常自然，这也看出作案者是多么聪明。只有弦柱显得不自然，但如果加以反向利用，便能加强神秘效果，这不是平常人能想出来的。”

实验结束了。我们再度回到八叠大的房间。在灯光下，我们看了看彼此，除了金田一外，都是一脸苍白。

本阵的悲剧

“那……”

众人围着火炉坐了很长时间，银造终于忍不住开口了。他的声音如同掉入古井的石头一样阴沉。

“那……”金田一笑着看着银造。

忽然警部插了一句：“也就是说贤藏是自杀的？”

“是的。”

“杀了克子后自杀的。”银造呻吟似的低声说道。隆二深深地垂下了头。

“是这样。我特意请了F先生来。F先生，是您最初为二位死者做的尸检，怎么样？当时贤藏的尸体位置啊伤口啊，和我的实验有什么矛盾吗？”

“就是说，贤藏先弄伤自己身体的两三处，然后一刀捅进心脏，对吧？如果他是用这个装置，也不是不可能。”

“没有矛盾，是吗？”

“是的，我想没有。可问题在于，贤藏为什么要这样做呢？”

“是呀，金田一，贤藏为什么要这么做？新婚之夜，杀了新娘再自杀，这太不可思议了。他为什么要这么干？”

“警部，其中原委您不也知道吗？今早白木静子告诉我们的事实，即克子不是处女的秘密，是这起案件的直接原因。”

警部双眼圆睁，一脸不同意地看着金田一，呼吸急促地说道：“可是、可是，就凭这个……要是在意对方不是处女，退婚不就行了？”

“您是说成为亲戚们的笑柄也没关系吗？是的，要是普通人，这可以忍受，可贤藏无法做到。这是悲剧的原因。”金田一慢慢地说道，“警部，我刚刚解开的谜团其实不算什么。一般的魔术在揭开谜底后，会令人觉得不过如此，只是骗小孩的把戏。这起案件真正的恐怖之处不在于发生了这样的犯罪，而在于为什么发生这样的犯罪。要理解这一点，必须先理解贤藏的性格，以及一柳家的家庭氛围。”

金田一转向了隆二。“这里最了解贤藏的应该是隆二先生，如果我说错了，请您帮我纠正。我昨天夜里非常认真地读过了贤藏的日记。比起日记的内容，我更感兴趣的是他对待日记的方式。日记这种东西，是一年三百六十五天，每天都要打开的。不管多么古板的人的日记，多少都会有些书页松脱、页脚折损、滴上墨汁的情况。可是，贤藏的日记完全没有这些，简直像刚装订出厂一样干净。他写得非常仔细，字也是一笔一画。从这点就能知道他神经质，而且有洁癖。关于这一点，女佣阿清也对我讲过一件事。曾经有客人拜访时，手稍微碰到了端出的火盆。在客人走后，贤藏立刻把那部分用酒精消毒，否则就无法安心。这与其说是洁癖，不如说是病态。对他来说，除了自己，所有人都是肮脏的。这个特点和他的另一大特点——这看日记也能知道——他的情绪起伏很大，容易从一个极端走向另一个极端。一般我们说这是爱憎分明，但贤藏的激烈程度可不能用这么简单的话来形容。毕生之仇敌……他很轻率地就使用这样的字眼，这也能看出他的性格。另外，他的正义感非常强。这通常是个优点，但到了贤藏身上，更多时候只能算是缺点。如果正义感过强，人就会死板，不知变通。他严于律己，痛恨不公和欺骗，但对他人也过于严格。这种正义感强烈的人对农村大地主的地位时常抱有怀疑，对保守色彩浓厚的思想和习惯极其憎恶。那么，一柳家谁最保守呢？恰恰是贤藏自己。一柳家家主的权威和本阵后裔兼大地主的暴君特质，令他一旦被他人冒犯尊严，就感到强烈的不愉快。贤藏这个人，性格就是这么充满矛盾。”

隆二默默地垂着头，看来肯定了金田一说的话。我对贤藏非常熟悉，金田一刚才的话好像把他雕刻出来一样。

金田一接着说道：“这样的人，必然结果就是孤独，除了自己谁都不信任，甚至认为除了自己都是敌人。越是近亲就越是如此。贤藏每天要接触的近亲，首先是母亲，还有堂弟良介，然后是弟弟三郎和妹妹铃子。后面两人年纪还小，问题主要集中在前面两人，特别是良介身上。良介这个人很有意思，不觉得他像反面的贤藏吗？表面上看，他为人圆滑，待人接物都不错，但骨子里和贤藏一样，性格激烈。看日记就能知道，贤藏因为良介和母亲，不知是多么烦恼、多么焦虑。之所以没有爆发正面冲突，是两人之间教育程度的差距导致的自尊心在抑制贤藏。日记中提到，良介也清楚这一点，却装作若无其事，故意冒犯贤藏。在这个时候，出现了克子的问题。这门亲事遭到周围怎样的反对，大家都清楚，不用我多说。是贤藏一意孤行，才走到结婚这一步。在这个节骨眼上，贤藏知道了克子不是处女，曾经有男友，而且最近还见过面。他究竟会怎么想呢？”

金田一忽然停下来，没有人开口说话。警部、银造和隆二都一脸暗淡的表情。

“我想，贤藏喜欢克子，大概因为她聪明、开朗，开朗中有一种宁静，性格也干脆利落。但最重要、最具魅力的，是克子给人的感觉非常纯净。纯净——这才是贤藏最想要的。可克子竟然已经和男人发生过关系了，她体内流着别的男人的血。刚才说过，别人碰过的火炉，贤藏都要用酒精消毒才安心。被别的男人——对贤藏来说别人都是肮脏的——被别的男人抱过的女人，还能当成妻子抱着睡觉吗？对贤藏来说，这事想想就不寒而栗。可退婚对他来说又是绝对不可能的，那样就等于向一直瞧不起自己的亲戚们投降了。可用假结婚来骗过亲戚，对他来说也行不通。在婚礼数天前，克子在大阪的商店遇见了田谷。田谷这个人，我们不了解，贤藏也同样不了解。也许此人会以从前的关系为借口来敲诈。如果和克子假结婚，表面上糊弄过去，要是田谷来了怎么办？那得闹出多严重的风波！这样一想，贤藏不能冒险。但是比起这些现实的问题，杀人动机还在更深处，也就是贤藏的性格。贤藏对陷自己于进退两难的克子肯定怀有强烈的憎恨。这个身体肮脏，还厚着脸皮要成为自己妻子的女人！想必贤藏怀着莫可名状的憎恨，而且以他的性格，肯定不会让克子知道。贤藏的父亲和叔叔曾经有过的激烈感情也深深埋藏在他心中，并以这种阴险迂回的计划表现出来。对于普通人来说不自然的动机，只要与贤藏的性格和本阵后裔家族的氛围结合，就没有任何不自然。不，应该说是不可回避的动机。结果，贤藏只能采取那种办法。表面上，他必须显示出全是自己说了算，因此必须举办婚礼。但实际上，二人又绝对不会成为夫妇。除了选择那一瞬间，别无他法。”

“这是殉情吗？”

“殉情？恐怕不是。这是充斥着恶意和憎恨的杀人案。自杀不是目的。凶手对将自己逼入两难境地的克子的仇恨逐渐膨胀，杀人计划也慢慢形成。但凶手非常聪明，他知道，无论多么巧妙的犯罪，都不可能不败露。即使没有败露，这个正义感强烈的凶手也清楚，自己无法忍耐很长时间。所以在警察赶到之前，在自己的良心承受不住之前，先行一步，自杀了结。这不是更接近事实？一般的案子，第一步是杀人，第二步是警察和侦探探案，第三步是凶手被抓自杀，是这样的顺序。但在这起案件里，第二步和第三步调换了位置。不能因为凶手自杀，就小看了此案。凶手既要把克子的死伪装成与己无关，又要把自杀伪装成他杀。除了毒辣，我想不出其他词来。”

“他之所以不想被认为是自杀，还是因为不想向亲戚投降，不愿意让亲戚和良介嗤笑自己。”

“对，没错。案件的谜团全都因此而起。这是本阵的悲剧。”

预先演习

我们沉默了很长时间。空落落的偏院主屋里只有一个火盆，寒冷逐渐侵入肌肤，但没有人想要快点儿结束谈话。不断在炭灰上写字又擦去的警部终于抬起头来。“那，我们就大致知道为什么会有这样的犯罪了。但具体又是如何做的？我想听听你的高见。”

听到警部的问题，金田一马上高兴地挠着一头乱发。“是啊。策划这起案件的人已经死了，不能听他坦白，除了靠我们想象以外别无他法。案件的相关者都在这儿了，不如我们从头研究一下吧。”他从兜里掏出小笔记本，放到膝盖上，“我最初对案件的印象，是它的侦探小说色彩非常浓烈。密室杀人这一点，诸位已经知道了，其他如三指男人、琴声、相册里的照片、烧掉的日记残片等，全都是侦探小说里的。这样的要素如果有一两个，或许可以认为是偶然。但像这样周密地凑在一起，只能认为是有意志在推动，而且是侦探小说式的意志。我正这么考虑时，看到了三郎的藏书。警部，您肯定记得当时我多么兴奋吧？”

警部默默地点头。

“这起案件里的核心诡计，即把自杀伪装成他杀的诡计，在侦探小说里经常用到。代表作是福尔摩斯故事里的《雷神桥之谜》。要把自杀伪装成他杀，必须让凶器尽量远离尸体。《雷神桥之谜》里的凶器是手枪，上面系着绳子，绳子另一端坠着铁块。自杀者站在桥上，用手枪射击头部，然后放手，枪被铁块拽入河底。我确信贤藏是从这部小说里得到的启发。证据是三郎的藏书里有这部小说，而且有仔细阅读过的痕迹。”

“这样啊，我知道了。可是三郎在案件中起什么作用？”隆二担心地问道。

金田一马上又高兴地挠着头。“请等一等。三郎在案件里的作用非常有意思。这放在后面说。我认为，至少贤藏最开始计划的时候，是和三郎没有关系的。以贤藏的性格，这样重大的计划不可能找人帮忙。在他心中，这计划已经成熟了。请注意这一点，再从头看看这起案件。”金田一把目光落在笔记本上，“案件的第一幕是在十一月二十三日拉开的，也就是婚礼前天的傍晚，奇怪的三指男人出现在村公所对面的川田屋。从这一瞬间，案件开始了。”

“是啊，那人和一柳家究竟什么关系？”警部想起什么似的插了一句。

“警部，那人和一柳家什么关系都没有，只不过是个路过的人。”

“可是，耕助，”银造皱着眉头说道，“那人不是向饭馆的老板娘打听一柳家怎么走吗？”

“是的。可是叔叔，那人真正想打听的不是一柳家，而是去久代村的路。今天早上，我已经向警部演示过了。”

警部瞪大了眼睛。

金田一笑着说道："那人看起来是远道而来，大家都同意吧。他坐火车来到清音站，然后打听去久代村的路。这种情况下，被问的人会怎么回答呢？从清音站到久代村有八公里，一个一个路标指示很难。这种情况下，人们一般会先告诉对方附近的地点，让问路的人到那里再问。因此，那人到了川边村又问了一次。今天早上我也试着问了一下，给我指路的烟店老板娘是这样说的：'沿着这条路一直走，到冈田村那儿有个村公所，你到那儿问一柳家怎么走。那是个大宅子，很好找。然后你走一柳家正门前的那条路，翻过山就能到达久代村。'三指男人也是这样来到村公所的。他在那里向饭馆老板娘打听一柳家的位置。"

警部、银造和隆二都不由得大叫起来。

这不是没有道理。目前最困扰众人的就是三指男人和一柳家的关系，难道这么简单吗？

"是的。当时那人和一柳家半点儿关系都没有。可不久后，他就被卷入到案件中，或者说落入到贤藏的计划中更合适。他离开村公所后，马上来到这座大宅子前。到这儿一看，果然是个大户人家，而且家主最近还要和一个年轻姑娘结婚。听到这种事情，谁都会有好奇心去偷看一下吧。他被附近的邻居看到了，为了掩饰难堪，才问去久代村的路。这也是非常自然的举动。他当时问路的动机就是为了掩饰尴尬，所以绝对不会说一个心里没想过的地方。实际上，他就是想去久代村。大家都知道去久代村的道路忽然变成了大上坡，也都一致认为那人非常憔悴。他爬坡前想先休息一会儿，可是身上破破烂烂的，就想找个没人的地方悄悄休息，便爬上了后面的山崖。

这也是非常自然的举动。”

“然后，他在那儿被贤藏杀了？”

警部问出这个问题的同时，我颇有顾虑地咳嗽了一声。金田一马上注意到，笑着转向了我。“这件事请F先生说明吧。这就是我请F先生来的目的。F先生，请公布尸检结果吧。”

我这才明白金田一要我延迟公布的原因，不由得露出微笑。这个一眼看去其貌不扬的青年竟然也有故弄玄虚之心。他要在最有戏剧效果的时候公布这个事实。

“那么，我简单地说一下验尸结果。死者不是被杀的，是自然死亡。详细情况要等解剖的结果，但依我判断，是由于极度衰弱和疲劳引发的心脏病。胸部的伤口至少是死亡后二十四小时才出现的。”

“啊！”众人一起大叫起来。隆二眼中露出兴奋的光芒，脱口而出：“那么，他不是被我大哥杀的？”

“对，我从一开始就这样认为。贤藏再怎么计划，也不会杀一个无罪之人。”

“可是，那个伤口……胸前的伤口……”

“那个呀，警部，是贤藏做实验留下的。贤藏的实验和我刚才做的一样。他构思了这个计划，但想知道是否能实现，以及实现它需要多长时间，所以要实验一次，也就是预先演习。那个尸体是试验品。叔叔，您说过，铃子在案发前一天晚上也听到了拨琴弦的声音。实验就是那时做的。”

我们不由得面面相觑。隆二的脸又一次变得苍白。虽然这不是杀人，却和杀人相同，甚至更恐怖。我不由得脊背一阵发寒。

“好了，回到刚才的话题。那个三指男人爬上了后面的山崖，不久便咽了气。后来贤藏发现了他。那是在二十三号晚上，或者二十四号早上。贤藏把他当成绝佳的试验品，悄悄背到偏院藏了起来，藏匿地点应该就是壁龛后面的储藏室。因此，那里留下了三指男人的痕迹也并不奇怪。以上就是二十三号发生的事。二十四号，婚礼的前一天，大家都知道这天午后在客厅里又发生了不愉快。贤藏和母亲因为琴起了争执。这时良介带来了猫的棺材，三郎说了从理发店听到的三指男人打听一柳家这件事。铃子从三根手指联想到了琴。对她来说，这个联想很自然。贤藏看到她模仿弹琴的样子，这和案件有很大关系。也就是说，给了贤藏一个启发。”

我们疑惑地看着金田一。

“贤藏当时已经构想了绵密的计划，可在计划中使用的绳子还没想好。绳子要细，要结实，还要相当长。用什么呢……他考虑这个问题的时候，看到铃子用三根手指模仿弹琴。我们应该注意到，这时三指男人已经成了尸体，被藏到偏院的储藏室里，贤藏打算用他来当试验品。此时出现了关于那人的传言，贤藏固然吃惊，可同时看到铃子的手势，又一下子受到了启发。三根手指和琴……贤藏认为其中有某种因果关系，因此注意到了琴弦。真是绝佳的东西！天真无邪的女孩毫无意义的动作给了杀人案以启发，这非常恐怖，却真实存在。贤藏于是去仓库取琴。一柳家有很多张琴，琴弦也非常多，从里面拿出一部分，谁也不会注意。取琴弦时，贤藏又发现了弦柱。我想他开始并没有想到用弦柱作为厕所的屋顶的支点，大概是想用成捆的小树枝一类的东西。但他发现弦柱的拱形结构非常适合支撑琴弦，于是打算利用弦柱。这样，案件自然而然和琴有了密切的联系。”

“嗯。”警部低声说道。

“那晚就做了实验？”银造问道。

“是的，但出现了两个没有想到的结果。一是竹子弹动琴弦会发出叮叮的声音。如果不把竹子砍掉，第二晚肯定也会发出声音。可贤藏不想忽然把竹子砍掉，因此他保留了声音，并反向利用，营造出一种神秘感。从杀人后到自杀前，贤藏故意让人们听到琴声，因此人们就忽视了之后竹子弹动琴弦发出的声音。”

“嗯。”警部又低吟道。

“那么，第二个没想到的结果是什么？”银造又催促道。

“那就是被三郎发现了实验。这也是我的想象。但除此之外，三郎没有机会加入这个计划。”

“啊！”我们不由得面面相觑。隆二的脸色更加苍白了。

无可奈何的密室

“如果我的想象是正确的，那么三郎发现实验后又发生了什么，只有去问他了。这起案件中有许多只有三郎能做出的伎俩，可以看出他是中途参与计划的。我认为，贤藏只是要伪装成他杀，肯定没有想过要制造一个凶手。可是，三郎这个侦探小说迷加入进来，他认为没有凶手的杀人案是非常奇怪的，因而决定制造一个虚拟的凶手。已经成为尸体的三指男人最合适不过。贤藏和三郎完全不知道此人是谁，为什么要找自己家，但此人落魄的相貌无疑是最合适的虚拟凶手。三郎知道此人的指纹留在川田屋的玻璃杯上后，肯定大大地刺激了他的创作欲望。作为侦探小说迷，谁都能想到利用指纹。这些还不够，要用相册里的照片和日记的残片，让三指男人和贤藏之间产生某种关系。这也是只有侦探小说迷三郎才能想出的诡计。贤藏构思精巧的装置和三郎的诡计结合在一起，让此案越发复杂了。这是二人的共同创作。”

“对了，照片为什么会贴在相册上？”

“警部，是您把照片从相册的衬纸上剪下来的，是吧？如果当时从衬纸上直接撕下来，马上就能发现其中的伎俩了。”金田一取出撕下来的照片和衬纸，“照片的背后有从别的衬纸上撕下来的痕迹，衬纸上也有贴过别的照片的痕迹。相册里的那个位置以前贴的是其他照片，后来才把这张贴了上去。贤藏的‘毕生之仇敌’确实存在，但并不是这张照片上的人。”

“他们是怎么拿到这张照片的呢？”

“当然是三指男人自己带来的。”

“那就奇怪了，一般人谁平时会带着自己的照片啊。”隆二皱了皱眉头。

“是啊，您说得在理，对一般人来说确实如此。但有些职业的人平时都是带着自己的照片的，比如说司机……”

“啊！”警部大声喊道，“对，我也是这么想。这样的照片总觉得在哪儿见过。这是驾照上的照片啊。”

“是啊，没错。”金田一又开始高兴地挠着乱发，“知道了这一点，那人脸上的大伤疤和三根手指的来历就清楚了。我顺便揭开他的身份吧。他叫清水京吉，后月郡人，小时候就去了东京，后来当了司机。最近发生了一起严重的车祸，就成了那样。司机是干不了了，身体又非常衰弱，他想静养一段时间，就给久代村的姑姑写信，问可不可以去。姑姑回信说随时欢迎，此后就音讯全无。他姑姑认为他就在这几天来，每天都等着呢。这是今天我让木村去久代村调查出来的。清水没去过久代村，也只在儿时见过姑姑，但他姑姑看到照片，便说照片上的人和京吉的父亲，也就是姑姑的兄弟非常相似，多半没错。那个三指男人就是叫清水京吉的司机，去久代村寻访姑姑途中，在后面的山崖上不幸去世。”

“然后，他被我哥哥利用了。”隆二一副痛苦的表情。

警部无暇顾及隆二。“日记的残片又怎么解释？”

“哈哈，那也是三郎的小伎俩。像贤藏这样长年累月仔细记日记，会写下很多事情。从中选出几段故弄玄虚，无论什么故事都可以编，请看。”金田一从笔记本里取出五张烧焦的日记残片，“第一张‘前往海滩的路上，经过常去的地方，阿冬今天也在弹琴。我最近听到这琴声，就忍不住难过’，第三张‘阿冬的葬礼。寂寞的日子，悲伤的日子，岛上今天也下着小雨。跟着送葬的队伍’，另外还有第五张‘离开岛之前，我再次参拜了阿冬的墓。献上野菊，在墓前叩头后，我仿佛听到哪里传来的琴声。我忽然’。以上三张，无论笔迹也好，墨水的颜色也好，还有文章中都出现的‘阿冬’这个名字也好，明显是同一时期写的。可是，第二张‘那家伙，那家伙。我恨他。我一生都恨他’和第四张‘我要找那家伙决斗。难以言喻的愤恨。一想到凄凉死去的那个人，我觉得把他大卸八块也不能满足。他是我毕生的仇敌。恨、恨、恨’，这两张与前面三张的笔迹和墨水都不大相同。一三五这三张，写于旅行期间，不可能使用好几支钢笔，所以二和四肯定是完全不同的时期写的。从字体看，二和四比其他的成文时间略早，可能是贤藏还在大学的时候写的。隆二先生，您完全想不起什么吗？在学校的时候发生了什么事，您真的不知道吗？”

隆二听到这里，忽然微微仰头看着金田一，然后又羞愧地垂下头来，犹豫着说道：“关于此事，我也觉得非常不可思议。是的，在学校时发生了一件事，让大哥对一个同事非常怨恨。那人原本是大哥的好朋友。大哥和老师的女儿恋爱时，被那人彻底骗了、出卖了……至少大哥是这么认为的。结果，大哥颜面扫地，不仅被迫从学校辞职，老师的女儿也因此病死。我不太清楚这件事的真相，但在大哥看来，完全是因为好朋友的背叛。他性格那么极端，对那人肯定恨入骨髓。所以这次案件发生时，我听说大哥使用‘毕生之仇敌’这个词，马上想起了那人。可是后来又听说‘毕生之仇敌’是在岛上遇见的一个人，便想可能不是那人。另外，我如果说出那人的名字，你们肯定知道，是个非常了不起的学者。所以我想那人应该不会……就一直沉默到了现在。”

“原来如此，您没有见过那人吗？”

“没有。照片倒是常见，但也是最近的照片，相册里贴的是不是年轻时候的，我就不清楚了。”

“谢谢，那事情就明白了。三郎把这件事和贤藏后来在岛上的经历揉在一起，然后贴上三指男人的照片，创作了虚构的故事和人物。真了不起，哈哈。他选岛上的一段故事，应该是因为里面出现了琴。贤藏这种人是不会把自己的日记给外人看的，但碰到三郎，他也没辙。三郎偷看了哥哥所有的秘密。他很聪明，知道哪里写了什么，该如何整理，如何看起来和案件有关系。我觉得，三郎加入计划之后，一切都是他在规划，贤藏不过是听他命令的木偶。三郎一方面觉得好玩，一方面是想发挥他从侦探小说中学到的知识。”

金田一的这番话，我听了觉得没有任何不自然。一柳一家除了隆二是正常人外，其他人都有些不对劲儿，我对此十分清楚。

“一切都做好后，二人切下了尸体的手，然后把尸体埋在炭窑中。这是二十五号天亮前的事。这一天傍晚，婚礼开始前，一个三指男人出现在厨房，那人不用说就是贤藏自己。相册和日记上花了这么多工夫，如果没被发现，就起不到作用了。这是为了引起警察的注意，也为了证实三指男人当时还活着。在把纸片送到厨房后，贤藏从西侧的道路爬上山崖，从那里滑下来，在偏院换衣服等着。秋子过来交出纸片，贤藏便撕成碎片塞进口袋，离开偏院，离开时还让秋子关好防雨窗。可是，秋子回到主屋的时候，并没有看见贤藏，那是因为贤藏还在偏院布置足迹、在柱子和防雨窗内侧按指纹，并把能作为证据的皮包、衣服从炭窑的烟囱塞进去，把大致准备好的琴弦拉到楣窗旁边。”

警部瞪大了眼睛。“金田一先生，那么三根手指的指纹从傍晚开始就在那里了？”

“是的，除此之外没有时间去按指纹。这是我发现真相的第一步。我这样说，是因为三个带血的指纹虽然在其他地方也有，可在容易发现的地方——比如屏风上——留下的指纹是戴着义甲的，而留下清晰指纹的都是非常难发现的地方。这不是意味着什么吗？我想到这儿，觉得有两层意义：这两处指纹发现得非常晚，是不是在凶手的计划之内呢？如果发现过早，会对凶手不利。凶手不怕指纹被发现，但不能过早。这两处指纹上血液的凝结程度和变色状态和其他血迹不同。是的，发现得越晚，越不容易区分它们之间的差异。凶手是不是希望这样呢？这是其一。另外，在婚礼这种场合，即使指纹已经存在，谁也不会注意，这是其二。但是，各位可能已想到，仔细到要戴上义甲犯罪的凶手，会到处留下沾血的指纹吗？怎么想都不可能。所以这个指纹是故意按上去的，而且是在行凶前很久就按上去了。”

警部哼了一声。金田一笑着说道：“这样，舞台就布置好了，贤藏拿着断手回到了主屋。这里又有个疑问，贤藏既然把皮包和衣服都扔进了炭窑，为什么不把断手处理掉？这也只能认为是三郎的指示。三郎觉得这件事太有意思了，自己也要利用断手好好表演一番，所以让哥哥把断手藏起来。但他又不能自己拿着断手，因为案发后，家里肯定要接受搜查。这样猫的棺材就派上用场了。那是行凶后铃子埋下去的，没有比那里更好的隐藏地点了。”

“然后贤藏去书斋烧了日记？”

“对，正是。日记是三郎事先挑选出来的。必须注意，烧日记的时候，贤藏本应该把兜里的纸片也烧掉。但是他没烧，而且一片不缺地放在袖兜里……以他的性格，不可能没注意到，因此只能认为是他故意留下来的。然后婚礼就开始了，婚礼上还有两件值得注意的事情。一是把琴搬到偏院。所幸村长说了这句话，如果谁都不说，贤藏就打算自己说。证据是他提出让克子保管这张琴。另一件事是，命令三郎送川边村的大叔公回家。这是给三郎制造不在场证明。但是，我还要问隆二先生一件事。”

隆二抬起头看着金田一。

“这个问题刚才警部应该也问过，您二十五号傍晚已经回到这里，为什么不出席婚礼呢？还有第二天为什么说谎，说自己刚刚到达？”

隆二听了，面带愁色，又垂下头去。“听了你刚才说的事，我才明白大哥的用心。大哥郑重地对我说绝对不要出席婚礼，恐怕也是为给我制造不在场证明，我却没有明白其中的意思。信上那种出奇强烈的语气让我很不安，我反而不能不回来。因此我提前一天离开了研讨会，来到川边村，又觉得还是不出席婚礼为好。可是第二天一片混乱，见过大叔公和三郎后，我就决定说是当天刚到的。”

“您哥哥一直都爱着您。”

“不，与其说大哥爱我，不如说只有我理解大哥。”

“明白了。与其说您哥哥怕您被怀疑，不如说怕真相被您看破。”

隆二点点头。“也许吧。那天早上听说了事情经过，直觉就告诉我是大哥做的。至于为什么、用了什么方法，我就不知道了……”

“谢谢您，这样您的问题也解决了。现在终于到了行凶的场面。婚礼结束的时候，贤藏把一个弦柱偷偷放进母亲的衣服口袋。听警部讲述案情时，我马上就注意到了这一点。为什么呢？因为从落叶堆里发现的弦柱上只有三指男人的指纹。如果弦柱当天晚上还在琴上，那明显是不合理的。当晚，铃子和克子都弹过琴。弹琴时谁都要先调试琴音，左手要调节弦柱的位置，对吧？所以，只有弦柱事先被拿掉，上面才不会有铃子和克子的指纹，否则凶手不可能把其他人的指纹擦得很干净，只留下自己的指纹。因此，弦柱当天晚上不在琴上，而且沾血的指纹是故意留在上面的。我是这样判断的。”

银造叼着大烟斗，平静地点了点头。警部有些不好意思地挠着头。隆二仍然垂着头。

“我从贤藏母亲的口袋里找到了那个弦柱。这大概是三郎要处理掉的，可能因为沟通不够，或者混乱中三郎忘了，今天还在那里。这样，准备工作全部完成，只剩悲剧上演的那个瞬间了……”

金田一的脸色阴沉下来。我们不由得屏住呼吸。

“真是件恐怖的事啊。因为完全是计划好的，才越发恐怖。贤藏一直在床上等着水车转起来。听到水车响动的一瞬间，他倏地起身，装作上厕所，从储藏室里取出日本刀。把克子砍得四分五裂，又戴上义甲弹琴，在屏风上留下义甲的痕迹。这一点也颇有意思。与其说贤藏要隐藏自己的指纹，不如说表现了他古板的性格。他大概想，既然用上了琴弦和弦柱，怎么也得把义甲用上。然后他把义甲丢在厕所，顺便把楣窗上的琴弦拽过来，最后用我刚才实验的方法自杀了，形成了这么一起奇怪的本阵杀人事件。”

众人都沉默了。一股寒意上涌，我不由得打了个冷战。其他人可能也被传染，都缩着肩膀抖起来。这时，隆二忽然说道：“可是，大哥为什么不打开防雨窗呢？伪装成凶手是从外面进来的，不是更自然吗？”

金田一闻言，十分用力地挠着头发，依旧夸张地口吃着回答：“是、是、是、是啊，我、我、我、我觉得这起案件最引人注意的是……”他慌忙喝了一口冷茶，才用略为平静的口气接着说道：“贤藏恐怕也是这样打算的，可是发生了意想不到的事，打乱了他的计划。不是别的，是雪。贤藏把印在大门口的鞋印也印在了西侧的院子里，伪装成凶手是从那里逃走的。可是鞋印完全被雪覆盖了。重新印也不可能，因为那双破鞋已经扔进炭窑的烟囱。雪上没有足迹，再开防雨窗就没有意义。我不知道他是不是一开始就打算伪装成密室杀人案，但没开防雨窗的原因恐怕在此。也就是说，这不是凶手计划的密室杀人，不是出自凶手的本意，而是无可奈何的密室杀人。”

曼珠沙华

以上是F医生的笔记。备忘录后面还写了三郎的情况，但关于此事我另有许多耳闻，就参照那些话简单地记述如下。

从破伤风中恢复的三郎遭警部严厉追问，坦白了一切，基本如金田一耕助的推理一样。他参与哥哥的计划，果然是因为看到了那个实验。他是这样供述的：

“我至今都忘不了大哥当时恐怖的样子。那晚我看到偏院亮着灯，就悄悄地溜过去。我这么做，是因为大哥那两天神色不宁，总是茫茫然不知在想什么，有时一点儿声响也会吓得他跳起来。尤其是那天下午，我从理发店回来，提到三指男人的时候，大哥的脸色极其不好。我心里装着这个想法，看到偏院亮着灯，就起了好奇心，悄悄地去看。柴门当然是从里面锁上的，我就跳墙进去，打算从西侧防雨窗的缝隙偷看，结果从楣窗飞出一把日本刀，我当时吃惊极了——你能想象出来吧。”

他接着说道：

“我险些叫出声来。倒不是强忍住了，而是过于惊讶，吓得发不出声来，呆呆地看着那把悬挂着的日本刀。不一会儿，传来叮叮叮的声音，日本刀落在了石灯笼旁边。这时，防雨窗忽然被打开，大哥探出头来，我过于吃惊，忘了躲起来，傻傻地在那儿站着，被大哥发现了。当时大哥可怕的神情，我现在也忘不了。大哥披头散发，把我拽进屋里。我一看，那个三指男人的尸体就在地上，胸前还有一道吓人的伤口……”

三郎似乎想起了当时恐怖的光景，不禁打了个冷战。

“我当时认定大哥发疯了，而且认为自己会和地上躺着的那个人一样被杀。大哥扭住我的胳膊，把我按倒在地，很长一段时间激动得说不出话来。等到平静下来，就像泄了气的气球一样瘫倒了。我第一次看见大哥那种有气无力的样子。大哥这个人，和女人一样对事情斤斤计较，平时都是端着架子，给人一种冷酷傲气的感觉。看到他从内到外那种有气无力的样子，我既感到可怜，又感到痛快。不久大哥缓过神来，把一半计划告诉我，哭着求我不要告诉任何人。一半计划是指当时大哥说并不想杀克子，只想自杀，而又不让别人认为是自杀。我当然马上说不行，大哥于是问我理由。”

贤藏的这个问题正好可以让三郎发挥侦探小说的专长。三郎是这样回答的：

“一半的杀人案，最先被怀疑的是能从被害者的死中得到利益的人。二哥不在这里，可以排除嫌疑。那么嫌疑只会落在我身上……我这么说，大哥马上问：‘为什么？为什么你会被怀疑？我要是死了，你得不到丝毫利益，财产会全归隆二。’我说不是这样，大哥一死，我会得到五万元的保险赔偿……”

三郎说完，贤藏的脸色变得极其复杂。他像在看一个不可思议的动物一样看着三郎，然后放声大笑道："三郎，你真是个聪明人，脑子太好使了。咱们就说开了吧。如果我是自杀的，你一分钱都拿不到。自杀的情况下，保险公司是不支付保险金的。三郎，五万元就这么没了，不是太可惜了吗……"

有其兄必有其弟。一柳一家人都有些奇怪的地方，三郎最为突出。听了哥哥一席话，他陷入两难境地。于是他和哥哥约好，为了不让自己被怀疑，要制造不在场证明，然后利用侦探小说方面的知识，全力参与计划。

我想，三郎之所以帮助哥哥，五万元当然是原因之一，另一个原因则是他获得了从来没有过的优越感。如金田一耕助所说，三郎让案件充满了侦探小说的要素，兄弟俩的地位颠倒过来了。贤藏只是唯唯诺诺，对于三郎那些奇特的诡计，只能苦笑着唯命是从。三郎肯定觉得这样很有意思。

从三指男人的照片到相册的诡计，甚至日记的伎俩，都是三郎的主意。砍下死人的手、利用指纹也是他的想法。贤藏也想让三指男人成为凶手，但是不知道应该怎么做，只想如果把三指男人的尸体藏起来，也许会让人觉得此人是凶手……他只想到了这点，三郎又加以修饰补充，完成了这一出大戏。

世上有这样的能人——三郎肯定算是一种能人，他们演不了主角，却能将别人写的大纲加以修饰、补充和建议，完成一部有趣的作品。三郎就是这种人。

但是，三郎不想只在这起案件中当个配角。也许他是过于擅长此道，忍不住想要主演一番。这从他下面的话也能看出。

“如果有人怀疑是自杀，我就打算利用那只断手，所以把断手和猫的尸体埋在一起。我在案发的第二天晚上偷偷挖了出来。当时铃子梦游症发作，跑到那里，我只好装成三指男人吓唬她。但我完全没有想过要那样利用。最后那么做，是因为那个自大的金田一耕助。他如果是一本正经的堂堂侦探，我也不会那么做。可是，那小子论年纪和我差不了几岁，而且其貌不扬、弱不禁风，却摆出一副大侦探的样子，真让我受不了。他还说密室杀人用机械类诡计就没有意思，向我挑战。现在想来这是他的激将法，我竟然轻易上当了。我当时想，那好，就再让你看一看这个诡计……所以我又弄了一次密室杀人给他看，并且用那天晚上挖出的断手在屏风上按下指纹，再藏到猫的坟墓里,然后演了那样一出戏。当然我没想弄这么深的伤口，只想弄个擦伤装装样子。我按照大哥那样,把日本刀从屏风上拽下来，将背部靠上去，一不小心，竟然弄得这么严重。你们去检查那棵樟树，能找到我用来代替镰刀的剃刀。”

总之，三郎有人格缺陷。死亡这样严肃的事情，对他来说只是一种游戏。他一直坚称不知道哥哥要杀克子。也许确实如他所说。但他即使知道，恐怕还是会做出同样的举动。

三郎当然被起诉了，但判决还没有下达，战情已变得严峻，他被征召入伍，据说死在汉口。可怜的铃子也在第二年去世了。对这个女孩来说，也许死去才是幸福。良介去年到广岛旅行，据说赶上原子弹爆炸，和父亲死在一处，都被战争夺去生命。村里的老人说大概有某种因果。

隆二在战争期间一直坚守大阪，一家都没有疏散。他本就不喜欢村里的生活，这起案件后更加排斥古老的本阵生活。宽敞的一柳家现在只剩下糸子老夫人和最近从上海回来的一无所有的长女妙子一家，和二房的秋子及孩子住在一起。据村里传言，家中争吵频发，风波不断。

至此，我把本阵杀人事件的始末完完整整地写了出来。我在记录中从没想过欺骗读者。水车的位置，我一开始就说了。在故事开头，我还写过下面这句话："这样看来，对于那个用恐怖方法砍碎一男一女的凶恶无耻的凶手，我也许还必须表示由衷的感谢。"这里的男女二人指的自然是清水京吉和克子。克子是被杀的，清水京吉则不是，所以我写的时候特意写成了"砍碎一男一女"。如果您认为这二人是贤藏和克子，未免太早下判断了。另外，在描写现场的时候，我写的是"男女二人倒在血泊之中"，而不是"被杀死在血泊中"，因为贤藏不是被杀的。侦探小说家就应该这么写，我是从阿加莎·克里斯蒂女士的《罗杰疑案》中学到这一点的。

在结稿前，我再次去看了一柳家。

上次去的时候尚是早春，寒风砭骨，田垄中还没有冒出嫩芽。现在放眼望去，田里一片金黄的波浪，到了丰收的秋季。我又经过坏掉的水车，爬上一柳家北面的山崖，进入竹林，向南俯瞰一柳家。听说，因为这次的财产税和土地改革，一柳家已无法避免没落的命运。我不知这说法是否属实，但那座彰显本阵气派、庞大又孤零零的主屋，已笼上一层浓郁的颓败气息。

我望向埋葬铃子爱猫的庭院一角，那里开放着一片被称为彼岸花的红黑色曼珠沙华，宛如染上了可怜的铃子的血……

古井怪谈

关于本位田一家的备忘录

——本位田大助酷似秋月伍一

本位田一家的墓地在环绕K村的山坡中间。

黑木栅栏围着的一百坪大小的墓地被打扫得一尘不染，本位田家历代的墓碑整齐地排列其中。看到这些给人压迫感的墓碑，我就仿佛看到了威严的本位田一族都穿着麻质礼服正襟危坐。恐怕这些墓地的主人因后代子孙最近的丑闻非常不快。也许是因为我有这样的想法，排在最后的那个墓碑看起来畏畏缩缩。

那个墓碑上刻着“慈云院贤哲义达居士，俗名本位田大三郎，昭和八年三月二十日亡”。此墓的主人大三郎，正是二十多年前为这次事件埋下祸根的人。

我偶然得到关于这次恐怖事件的一系列文件，值此发表之际，想先谈谈事件的祸根本位田大三郎，以及本位田家的地位。

以前，本位田家、小野家和秋月家是K村的大户，在幕府时代侍奉过大名。随着时代变迁，官职丢失，小野、秋月两家逐渐衰微，本位田家却和以前一样，甚至更加发达。原因有很多，最主要的是和其他两家相比，本位田家代代都出现了杰出的人物。

明治维新时，本位田的家主叫弥助，手段高明。传说此人趁时局混乱，把领主的一大片土地以出售的名义转到了自己名下。

继承人庄次郎也是个十分霸道的人。他长于积累财富，放出的贷款利息高得吓人。即使借款者还款只迟了一丁点儿，他也毫不留情地夺走抵押的田产和山林。

有种说法认为，小野、秋月两家的衰微当然有家主无能的因素，但主要是因为庄次郎高利贷的逼迫。到大正元年，大三郎继承家业的时候，两家的田地都归了本位田家，大部分传家宝也收到了本位田家的仓库里。

大正三年，庄次郎死去，大三郎继承家业，年方二十八岁，有妻无子。如果把弥助当作本位田家的中兴之祖，那就已经延续三代了。大三郎和其他富三代一样，自傲且铺张。他喜欢热闹，爱玩，给过在各地巡游演出的艺人不少赞助。但毕竟和祖辈一脉相承，没有做出败坏家业的糊涂事。他鲜衣怒马的派头下面，还保持着精明的本色。

此时，小野家已经完全衰败，举家迁往神户。秋月家也只能苦苦维持面子。

秋月家的家主善太郎比大三郎年长七岁，是个标准的没落贵族的后裔，完全没有生活能力。他自号草人，作和歌，画一些粗糙的文人画，经常拿着宣纸或诗笺去拜访大三郎。大三郎痛快地买下后，他就狂拍马屁，但回到家里，就对大三郎破口大骂，要不就是冲妻子阿柳撒气。阿柳觉得这极其可耻。

阿柳老实文静，模样也不差，经常教村里的姑娘们缝纫，做茶道和插花的老师，人们都说她比她丈夫强得多。善太郎对此满心憎恨。

老婆对自己不满意，甚至瞧不上自己——一有这种想法，善太郎残忍的性格就暴露出来，经常为一些小事打骂妻子，拽着她的头发在地上转圈。阿柳为了不让外人知道，忍住不大声叫出来。善太郎却说这是装相，骂她不知好歹。

两人有一个叫阿铃的女儿，是个一头鬈发、不惹人喜爱的阴沉孩子。

大正六年，阿铃六岁，善太郎中风倒地，半身不遂。以前虽然家道衰微，还能维持生活，但这样一来就断了生计，陷入贫困。阿柳又要照顾病人，身心俱疲。

大三郎时常来看望，每次来都送一些钱。他一来，善太郎就大喜过望，满脸堆笑；他一走，善太郎翻脸便骂，但从来不说把钱退回去。

善太郎中风后的第二年，即大正七年，大三郎的妻子和阿柳几乎同时怀孕。翌年春天，两人又几乎同时产下一子。善太郎家的早生了一个月，可是，善太郎在孩子出生的第七天晚上就拖着病躯爬下床，投井自尽了。

如果看见阿柳所生的男孩，就马上能明白善太郎为什么要投井了。那个孩子双眼都有两个瞳孔，而本位田大三郎也有这样奇异的特征。大三郎出生时，祖父弥助大喜过望，说道："这个孩子是重瞳，将来肯定会让本位田家扬名天下，我们可要好好培养。"

年纪轻轻就继承家业的大三郎向来我行我素，他之所以没有被人欺负，除了自身度量以外，关于重瞳的传说带来的威严把他塑造成了一种特别的存在。

善太郎中风后就没有什么夫妻生活，阿柳生的孩子又明显是大三郎的种。善太郎受不了这种明目张胆的侮辱，羞愤而死也不无道理。

在乡下，人们对这种事多是睁一只眼闭一只眼，一般不会追究男方的责任，但女方常常受到非议。特别是丈夫因此而死，人们对阿柳的非议相当严重。

阿柳在暴风雨中忍了一年，等到儿子伍一断奶后，她把他和八岁的阿铃托付给远房亲戚，自己在丈夫一周年忌日的晚上投同一口井而亡。她没有留下遗书，人们说是为了赎罪。

大三郎妻子生下的孩子取名大助。五六岁的时候，谁都能看出大助和伍一是兄弟，唯一区别是伍一有重瞳而大助没有。二人最相像是在上小学五六年级的时候，只能通过眼睛来区分。

但过了这个时期，二人相似的程度就逐渐变小，过了二十岁就不太像了。这大概是由于家境的原因。大助小学毕业后去了大阪的专修学校，作为本位田家的嫡长子，他落落大方、身材匀称、肤色白皙，成了一名颇有魅力的青年。

与他相反，从小就和姐姐阿铃一起拿着锄头干活儿的伍一瘦骨伶仃，肤色黝黑，也不太合群。

乡下人口无遮拦，喜欢拿别人的丑闻作为茶余饭后的谈资。伍一早就知道了自己的身世。这让他的性格变得更加阴暗。

明明是同一个父亲的儿子，大助自由自在地幸福生活，自己为什么这样贫困不幸？

伍一心中充满了不平、不满和愤恨。按出生年月来算，自己比大助还大一个月，理应作为本位田家的长子继承全部财产，为什么却被当作路边的石头一样丢弃了？大助过着愉快的学生生活，自己却汗流浃背地从地里刨食。

阿铃则在此事上添油加醋。从懂事起，阿铃就天天从父亲那里听到对本位田家的诅咒。她试着把这一诅咒像文身一样文到了伍一身上。对本位田家的复仇，对大三郎的诅咒，从懂事起，伍一从姐姐口中听到的就是这样疯狂的咒语。

阿铃忘了一点。伍一是大三郎的孩子，流着本位田家的血。对本位田家的诅咒也好，对大三郎的复仇也好，伍一其实不在乎。他对本位田家和大三郎有一种强烈的憧憬。只有一点，他和姐姐是相同的，就是对大助的恨。一想到大助，他全身的血液就燃烧成苍白的火焰。他对大助只有恨、恨、恨。

本位田家在大助之后还有两个孩子。大正十一年出生的是次子慎吉，昭和五年出生的是女儿鹤代。在慎吉和鹤代之间还有两个孩子，但都夭折了，不再赘述。

鹤代非常可怜，有先天性心脏瓣膜病，多走几步路就喘不上气，基本不出屋。当然，到了上学的年龄，她也没有去学校，而是在家里接受教育。负责教育她的主要是祖母阿槙。她在祖母膝下接受辅导，人又非常聪明，十二三岁就能看《游仙窟》《源氏物语》等带注释的古书了。

如墓碑上所刻，大三郎在昭和八年、鹤代四岁时去世。大三郎的妻子很老实，但没什么本事，一家的重担就压在祖母阿槙肩上。阿槙被亡夫庄次郎锻炼出坚毅的性格，成了本位田家的顶梁柱。

昭和十六年，大助毕业后马上结婚了。战局越来越严峻，很多家庭都让儿子尽快结婚。大助的妻子梨枝是邻村没落贵族的女儿，有人说她原先和伍一恋爱，没想到被本位田家的继承人求婚，二话不说就攀上高枝。这个传言如果属实，恐怕对于憎恨大助的伍一来说，更是火上浇油。

昭和十七年，大助和伍一同时被征召入伍，进了同一支部队。最开始二人在长江沿岸，可能因为处于战争环境，伍一似乎忘了旧怨，二人关系很好。大助在给梨枝的信里写过，二人在部队被当成双胞胎吉祥物，还随信附上一张二人在一起的照片。正是这张照片，给后来发生的案件投下了令人毛骨悚然的影子。

我看过一次那张照片，和案件的经过联系起来，让人不寒而栗。

大助和伍一的外貌又变得相似起来。可能是战争环境让二人平分了体重。入伍前的大助丰满白皙，战场让他变得消瘦，脸也晒得黝黑。伍一反而比入伍前胖了许多，本来黝黑的皮肤也褪了些颜色。二人一增一减，越来越像。但伍一的重瞳中却流露出异样的阴森光芒……

昭和十八年，慎吉当了学生兵，不到半年就因结核病退伍回家，休养了一年多。战争一结束，他就进入了距离K村二十四公里左右的H结核疗养所。

慎吉的母亲因为两个儿子都被拉去参军，心里非常难过，于昭和十八年秋天去世了。慎吉进入疗养所后，本位田家宽敞的宅院里只剩下祖母阿槙、孙媳妇梨枝、孙女鹤代以及老女佣阿杉，还有一个智力迟钝的下人鹿藏，一共五人。

慎吉进入疗养所后，每个月也会回来一两次，每次住上两三天。K村到疗养所虽然只有约二十四公里，但交通不便，坐上车次很少的地方铁路列车后，还要先后转乘轻便铁路列车和公共汽车。就算早上出门，也要傍晚才到，一天往返绝不可能。

慎吉喜欢妹妹。他热爱文学，想成为作家。他认为妹妹更有才华，把妹妹比作《呼啸山庄》的作者艾米莉·勃朗特。

鹤代有先天性心脏瓣膜病，不能离开家门一步，经常在仓库的一个房间里看书打发时光，拥有强烈的感知力和敏锐的观察力。

慎吉让妹妹有事没事都给自己寄信。他想让妹妹在练笔的同时培养观察能力。鹤代听哥哥的话，不断写信。

从昭和十九年末到昭和二十年初，和日本所有村子一样，K村也发生了许多变化。城市遭受的空袭日益猛烈，从农村搬到城市的人们又陆续疏散回来了，其中就有小野一家。

小野家的家主叫宇一郎，在神户经营文具店，房子被烧，时隔三十年又回来了。宇一郎离开的时候二十多岁，回来时头发全白了，变成了步履蹒跚的老人。老伴阿咲是续弦，两人有五个孩子，最大的十六岁。

所幸小野家能借住亲戚的房子，头上有瓦遮雨，又把租给佃农的一点儿田地要了回来，当上了农民。宇一郎和前妻有一个叫昭治的儿子，被抓去当兵，音讯全无。

昭和二十年八月，战争结束后不久，伍一的姐姐阿铃从城里回来了。阿铃已经三十五岁了，还是独身。战争期间她在附近城里的军需工厂给人做饭，战败后失去了工作，回到村里，在一个牛棚似的小屋里住下，耕作巴掌大的田地为生。这个从小就不可爱的女子被接连的不幸弄得沉默寡言，俨然成了魔女一样的人物。

这样，基本人物都登场了。

昭和二十一年初夏，本位田大助没有任何征兆地复员回家了。

这对本位田一家来说是无上的喜悦，然而他却带回一种难以形容的阴森和恐怖。

我再次环顾本位田家的墓地。井然有序的本位田家历代祖先的墓碑旁，一株红色的百日红下有一座精致的小坟，上面还立着簇新的白木柱子，表面刻着“珠莲如心童子”，背面则写着“本位田鹤代，昭和二十一年十月十五日亡”。

这是可怜的鹤代的临时坟墓。夺走她生命的，不用说，就是那个恐怖事件带来的冲击。

死前，她把对此事的所见所闻、感想猜测事无巨细地写进了给哥哥慎吉的信中。当然，这些信最开始不是为了汇报事件。

前面说过，她听从哥哥的劝告，把身边发生的事详细地写给哥哥看。可是事件发生后，信的内容就以此为中心了。她详细讲述了那令她恐惧的疑虑和鲜血淋淋的经过，以及最终夺走她生命的那个冲击性的发现。

每次读这些信，那袭击了年仅十七岁少女的恐怖经历就让我不寒而栗。信中满是鹤代翻来覆去的苦闷和绝望的悲伤。

诸位读者将要看到的，是鹤代写的一些信，它们是我从金田一耕助那里得到的。金田一耕助还向我提供了新闻剪报和另一个人的笔记。当时，他阴沉地说道：

“我事先声明，这起案件我完全没有插手。本来是想接手的，但我看破了真相，正要接触凶手的时候，被另一个头脑敏锐的人提前道破，我只好退出了。我和此案没有任何关系，至于为什么这些资料会到我的手上，读到最后您就能明白。资料上有编号，但还没有整理，剩下的事情都交给您吧。”

根据金田一耕助的意见，我从鹤代的信中整理出和案件有直接关系的部分，为了便于阅读，又加以补充。我事先的声明就到这里。让我们按顺序看一看鹤代的信吧。

第一封信写于昭和二十一年五月，即案发前五个月。

葛叶[1]之恨

——葛叶屏风上没有瞳孔

昭和二十一年五月三日

昨天发生了一件讨厌的事。哥哥应该知道，小野一家因为疏散又回来了。小野家的叔叔昨天来咱们家敲诈了。

哥哥知道家里有葛叶屏风吗？我以前一点儿也不知道。因为一直放在仓库里，从我记事起就没拿出来过，我甚至都不知道有这样一扇屏风。

小野叔叔昨天就是为它而来。他要求归还。他是这样说的：

“那扇屏风是三十年前我去神户的时候寄存在大三郎那里的。那个东西是不会卖的，是小野家的传家宝。把什么都丢了，它也不能丢。我既然回到祖先的土地上，就想拿回屏风，每天都看一看。”

他就这样絮絮叨叨地不停重复，真让人为难。最开始是大嫂和他谈，结果没完没了，只好把祖母请出来。祖母非常生气，说道：“宇

[1]传说中日本最著名的阴阳师安倍晴明之母，原为一只白狐，化为人形嫁与安倍保名，生下晴明六年后不辞而别。

一郎，你说什么？那扇屏风我可记得清楚着呢。你离开村子去神户的时候，因为做买卖本钱不够，借了二十元，拿屏风作抵押。当时你说什么来着？‘不管这屏风是多么贵重的宝物，也不能背着它去神户，请收下这个。’我可是记得清清楚楚。现在要我还给你？太过分了！”

祖母骂了一顿，小野叔叔眉毛都不动一下，还是重复相同的话，最后说：“那我把当时借的钱还给你。”说着掏出两张十元的纸币。我吃了一惊。

小野叔叔难道不知道通货膨胀吗？战前和现在的物价差了几十倍、上百倍。大正初年的二十元和现在的二十元怎么能一样？这种无赖的行径，连我都要生气。

祖母说：“俗话说人穷脑子钝，宇一郎就算再怎么变，也不会变成这样明摆着敲诈的人，肯定是他老婆，不知在哪儿听说了屏风的事，唆使他来的。不然回来都一年多了，不会现在才来提这事。老相识回来了是个高兴事，可像阿咲那样不知底细的人也来了，真受不了。战争开始后，人心都变坏了。梨枝，你不硬气一点儿可不行。”

不是因为祖母这么说我才说的，阿咲这个人风评确实不好。据说她在神户做过陪酒女，和小野叔叔在一起后还虐待继子昭治，让他在家里待不下去。昭治因此彻底堕落，据说入伍后也进过几次禁闭室。听说他战后马上回来了，但不到三天，就和阿咲大吵一架，离家出走了。小野叔叔要卖房子的时候，昭治还拿出钱来不让他卖。所以村里人都说昭治可怜。听说昭治在 K 市做了强盗，要是真的，就太可怜了。

昭和二十一年五月四日

昨天写了很多不相干的事，累了，没有写完。今天接着昨天讲讲葛叶屏风。

小野叔叔一直重复同样的话，连我这个小孩子都觉得烦，祖母干脆不理他。最后他终于放弃，回去了。他絮絮叨叨地说话时，我还很生气，但看到他垂头丧气地回家，我不由得觉得他有几分可怜。他的腰带皱巴巴的，绳结的一端长出来一大截，怎么看都很寒酸，和当初他回来扫墓的时候相比，真是老了很多。我几乎要哭出来。

要是只剩下我和大嫂两个人该怎么办呢？要是被他缠上，我们肯定招架不住。祖母倒还健康，也很硬朗，可毕竟七十八岁了，年纪不饶人，一想到将来我就担心得不得了。大助哥哥还没有消息，能依靠的只有你了。哥哥，请尽早康复吧。

啊，我又写跑题了。对不起。我只会这么漫无目的地写，是成不了小说家的。

小野叔叔回去后，祖母也气得够呛，不说话，只闭目养神。过了好一会儿，她才睁开眼睛，对大嫂说："梨枝，你跟阿杉说，把仓库里的屏风拿出来。"

大嫂有些吃惊。"屏风？"

"就是葛叶屏风。阿杉肯定知道。你也去帮忙，拿到这里来。"

我觉得非常不可思议，问道："祖母，要把屏风还给小野吗？"

祖母只说了句"不"，然后就不再开口。

大嫂和阿杉不一会儿就搬出了葛叶屏风。说实话，在小野叔叔说话的时候，我对这屏风怀有强烈的好奇心。因为我以前并不知道有这样的屏风，听了小野叔叔的话，我觉得可能是个珍贵的东西。

所以屏风搬出来后，我屏住呼吸，目不转睛地看着。

哥哥，你看过那扇屏风吗？听祖母说，已经相当长时间没有拿出来了，所以你一定不知道。看到屏风正面的一刹那，我不由得吸了一口凉气。我不知道为什么会这样，就是体内忽然进来一股凉气，心脏怦怦地跳。

屏风是对折的两扇。左边那扇画着葛叶向儿子安倍晴明告别、丢下丈夫安倍保名，回到信田森林的场景。画面中的葛叶两袖交叉在身前，垂着头，脖子伸得很长。淡淡的线条把她描绘得婀娜纤弱，裙摆则晕染于秋草之中……右边那扇只画了一弯每月农历初二前后可见的月牙。背景上喷涂了整片的云母，灰暗的云母色让夜晚的安部原野显得越发凄凉和哀伤。

屏风上没有画狐狸，葛叶也没有露出尾巴。但不可思议的是，即便如此，还是能看出这个茕茕孑立的女人是狐狸变的。长长的裙摆融于秋草之中，让人觉得她下半身已经变成狐狸了。我觉得非常不可思议，到处找原因，又重新看了一遍葛叶的样貌，结果一下子发现了。

葛叶确实悲伤地垂着头，眼睛却睁着，但双眼中都没有瞳孔。有个词叫画龙点睛，人物画中，瞳孔是最重要的，看这幅画就能明白。婀娜苗条的美女脸上有眼却无珠，让人产生了一种非常奇妙的感觉。我看着这幅画，马上想起了文乐[①]的人偶。像《朝颜日记》的深雪那样的盲人角色，就是把眼珠翻过去，只露出眼白。葛叶屏风中的葛叶就给人这种感觉，还流露出难以形容的妖气。

①曾位于日本大阪的木偶戏剧场“文乐座”的简称，也可代指木偶戏。

画这幅画的人是因为什么忘记画瞳孔了，还是明知这种效果故意而为呢？我觉得应该是后者。

大嫂也屏住呼吸凝视屏风中的葛叶，不久身子微微颤抖着小声说道："真是幅可怕的画。"

祖母奇怪地看着她，问道："怎么了？"

"没有眼睛的葛叶……鹤代，你怎么看？"

冷不防被大嫂问到，我一下子慌了神。每次被大嫂问话，我都会这样，这话我只对哥哥你说，我也不知道为什么。大嫂是个好人，用言语不足以形容我对大嫂的喜欢。可是一和她单独在一起，气氛就很尴尬，一被问话，就会语无伦次。当时我也非常慌乱，简单地说道："嗯，确实……我也是这么想。"

祖母默默地看着屏风上的画，说道："你们说这幅画上没有瞳孔，但这可是画家别有用心之处。画中的葛叶不是人，而是狐狸的化身，正要露出原形，回到信田森林。画家没有画鬼火，也没有画狐尾，通过省略瞳孔来表示葛叶不是人。我每次看这幅画，都非常佩服。"

祖母眯着眼睛，仔仔细细地端详，不久转过头来。"这屏风就放在这儿吧。我倒不是特别喜欢，可是宇一郎那么烦人，如果一直放在仓库里，倒让人觉得咱们在故意隐瞒什么，干脆放在显眼的地方。"

这样，葛叶屏风就摆在了客厅里。所以哥哥下次回来的时候，也能看到那扇可怕的葛叶屏风……

大助返乡

——小野昭治越狱

昭和二十一年六月十日

今天给哥哥讲两三个村里的传言。

昨天有两三个陌生人气势汹汹地来到小野叔叔家。他们是O市看守所的看守。从他们口中，我第一次听到了昭治的消息。

昭治因偷窃进了O市的看守所。听说他可能怕暴露身份，或者还有其他罪行，化名为大岛某某。因为马上要上法庭，用化名蒙混不过去，就和同一牢房的五六个人挖开地板，企图逃跑。其他人马上被发现，全部被抓，只有他成功逃跑了。

看守所的人用大岛某某一名向他的出生地发布通缉令，被告知没有此人，这才知道是假名，便重新审问同一牢房的囚犯，得知此人曾经在Y岛的劳教所蹲过。警察马上给Y岛打电话询问，对方按照相貌气质特征断定是小野昭治，这才弄清他的真实身份。昭治的一只胳膊上文着“命不由我，一意孤行”。

看守所的人到小野叔叔家，是因为越狱后四十八小时内是看守所的责任，他们在小野叔叔家监视到早上十点就离开了。

我觉得昭治非常可怜。听人说，三个月前进入Y村的强盗就是昭治他们，当时有两人被抓，只有昭治逃脱了。他因此被警察通缉，所以做小偷被抓时，他才用了假名。可是，不管逃多久都不能永远逃下去，会罪上加罪，将来可怎么办呢？昭治很久以前被阿咲逼走，曾经在村里的亲戚家住了三四年，村里人都同情他。以前他不是那种人，是个爱哭又极富同情心的孩子。现在成了这样，大家都认为是阿咲的错，都很讨厌她。对了，昭治和哥哥同岁，以前关系还很好呢，哥哥应该很了解他。

说到阿咲，她为了葛叶屏风，后来又来过两三次，可祖母根本不理她。后来可能是坚持不住了,最近都没有来。她说看见昭治的话，就把他绑去驻在所。多可恶！

秋月家的阿铃还在偷山上的木材，真头疼。伍一也没有回来，和咱们家比，真是可怜，所以我们就一直睁只眼闭只眼。可最近她变本加厉，不光自己烧火用，还拿出去卖。咱们家的鹿藏觉得憋屈，昨天偷偷跟着她，抓了个正着。你猜她说什么？

“山和姑娘都是你们偷去的。以前这山是我家的，被本位田家骗了去。”

她这么说，还带着一副高傲的神情。她住在墓地旁边牛棚一样的房子里。一个人住在那种地方，实在太恐怖了。

吉田家的阿银终于娶了老婆。你猜新娘子是谁？就是他嫂子加奈江。加奈江的丈夫阿安去了南方后就没有消息，最近才知道在缅甸还是什么地方死了，加奈江就嫁给了弟弟。加奈江比阿银大三岁，村里人都说是好事。但也有人说万一阿安还活着可就麻烦了。

我有点儿奇怪。提起这件事的时候，祖母陷入了沉思。当只有我们两个人时，祖母仿佛自言自语地说道：“慎吉多大了？”

“哥哥比我大八岁，该二十五了。”我回答。

“是啊……这么说比梨枝还大一岁。”

我吓了一跳，不知道祖母在想什么，盯着她看。祖母好像注意到了，板着脸说：“鹤代，祖母刚才说的话，绝不能告诉任何人。”

祖母说完，好像想起什么，点亮了佛坛前的明灯，双手合十。

我还是不知道祖母在想什么。

昭和二十一年七月三日

大助归，速回！槙

昭和二十一年七月六日

哥哥，身体怎么样了？听送信的鹿藏说，他到疗养所的时候你在发烧，还出红疹子。祖母也非常担心。

哥哥，请不要过于激动。好不容易康复的身体，要是因为激动再弄坏了，我们该怎么办？请想一想上了年纪的祖母。今后只能靠哥哥你了。

现在我告诉你我那天是多么吃惊！现在想起来，肚子里都是冰凉的感觉。

那是大前天的事。傍晚，我在仓库里看你送给我的书，祖母在隔壁屋里戴着眼镜拆衣服。梅雨时节的傍晚异常寒冷，外面的小雨时落时停。

我的视线动不动就离开书本，转头去看隔壁房间。祖母慢吞吞地拆衣服，好像是在深思什么。不夸张地说，我很清楚她在想什么。这要从那天中午说起，吉田家的阿银和新娘子加奈江来拜访。

晒得黝黑的阿银穿着借来的衣服，不知是热还是怎么，流了许多汗，却非常开心。加奈江脸上像白墙一样涂着白粉，手也白白的，可能是害羞，头也不抬。她肤色白皙，胖乎乎的很可爱，说是比阿银大三岁，一点儿都看不出来。阿银小时候得过小儿麻痹，一只脚有些跛，才没被抓去当兵。但这不妨碍他生活，身体也结实，是村里最能吃苦的人，加奈江一定很幸福。

两人只是在大门口问候一下就回去了。大嫂和阿杉马上开始议论。

“加奈江本来底子就不错，再一化妆，漂亮得像变了个人。你看阿银乐得……”

“可是也有点儿奇怪。哥哥的媳妇又成了弟弟的老婆……而且男的还小三岁……”

“不也挺好吗？听说两个人都很满意。”

大嫂无心地说了一句，祖母马上接过话：“那也是一种方法。虽说对死去的人有些……”祖母盯着大嫂的侧脸。

祖母一定是那么想的。我听到她叹了一口气。

就在这时，传来了阿杉慌张的喊声：“老夫人，不得了！不得了了！少爷他……”

我开始认为是哥哥你，想或许是你在疗养所病情加重了，但马上我就发现想错了。阿杉跌跌撞撞地跑进来。“老夫人，快出去看看！去打仗的少爷，和战友……”

我这才知道是大助哥哥，立刻腾地站了起来。不知为何，我偷偷看了一眼祖母。她的脸上一瞬间失去了血色，表情如石头一样僵硬。我现在还觉得不可思议。

大助哥哥是祖母最疼爱的孩子。一提起他，祖母就开心得不得了。正因如此，祖母难以接受他阵亡的传言，可又怕传言是真的，到时候只会更加失望，因此一遍遍地跟自己说大助死了，不会回来了，甚至连如何处理后事也在偷偷地考虑。这些不都是出自对大助哥哥的加倍疼爱吗？可是，祖母当时苍白的脸色和僵硬的表情又是怎么回事呢？

但祖母马上恢复了脸色，好像一刻也不愿意等，站起身来。“哎呀，哎呀，哎呀，大助回来了？在哪儿呢？”

“在大门口。和战友一起回来的。”

“怎么不让他进来？梨枝去哪儿了？”

“我跟少奶奶也说了。老夫人，您快点儿出来吧。”

“鹤代，你也来。”

我们走出仓库，穿过昏暗的走廊，来到大门口。在闪闪发光的四方形门框里，站着两个穿军服的人，都没有说话。我环顾四周，想看看大嫂在哪儿，发现她跪在昏暗的榻榻米上，简直要哭出来了。听到我们的脚步声，站在前面的那个人转过脸，身体还是直立不动。

“啊，连老夫人都出来了。我姓正木，带本位田回来了。”

“大助……大助怎么了？”祖母伸长了脖子，望向正木背后说道，声音似乎有些颤抖。

“本位田负伤了……不能一个人走路……本位田，这是你奶奶。”

正木说着，向旁边一让，后面的大助哥哥向前走了两三步。一瞬间，我的心好像被插进冰冷的东西，感到一阵恶寒。

大助哥哥十分憔悴，脸上还有火烧留下的伤痕。可是，让我们害怕的不是烧伤。他转向我们的时候，双眼睁得大大的，可眼珠一动不动，面无表情。他脸上的肌肉和嘴唇剧烈地颤动，双眼却好像毫无关联，冰冷僵硬，看起来像是灵魂出窍了一样。

"本位田他……"这时，正木从旁边插了一句，"因为负伤失去了双眼，两边都是假眼。"

正木的声音好像是从极其遥远的地方传过来的，感觉正在说一件和我完全无关的事。我越过正木和大助哥哥，呆呆地向外望去。阴暗的天空仍然下着细细的雨。我忽然觉得以前也有过这样的恍惚，心中一片迷茫。大助哥哥在雨天回来，两只眼都是假眼……

门外有五六个村民向我们张望。那些人小声嘀咕着什么，不时互相看看。我注意到里面有秋月家的阿铃。她的鬈发上沾着细小的水珠，但她毫不在乎，猫着腰，专心地看着我们。

无意中看到阿铃凝固的视线，我才如梦初醒。她的目光像锥子一样，正穿过大助哥哥的后背。

替身绘马[1]

——鹤代想要确认大助真实身份

昭和二十一年七月十二日

近来哥哥怎么样？听说红疹子只长了一次，祖母也非常高兴。天气忽然炎热起来，请一定保重身体。

家里终于安顿下来了。听说大助哥哥复员，不断有人来探望，但最近也渐渐少了，终于恢复了以前的平静。大助哥哥好像非常疲惫，一直在睡觉，尽量不见客人。昨天他说一定要讲讲秋月伍一临死前的事，就把阿铃叫来了。对了，你可能还不知道，伍一死了。

阿铃过了很久才来。大助哥哥仔细讲了伍一临死前的模样。我和祖母、大嫂在旁边听着，大概是这样的：

在一个叫勐度的地方，大助哥哥和伍一掉队了。伍一被炮击中，被炸死了。大助哥哥从伍一身上取走遗物，漫无目的地乱跑，也被炮弹击中，弹片打到脸上，他失去了双眼，不省人事，刚巧被友军

① 日本的神社或寺院中用于写下祈愿内容的木板，板上绘有图案。

发现，救了回来。

“所以，伍一没有留下遗言。遗体是我埋葬的，这是当时取下的遗物。”

大助拿出一个沾着黑色血迹的笔记本。阿铃只是默默地听着。大助哥哥说完，她也不刨根问底，真是个奇怪的人。得知唯一的弟弟死了，一般都会哭得不成样子吧。阿铃却只是表情愤怒地沉默着，直直地盯着大助哥哥。

阿铃肯定生气，因为大助哥哥活着回来，她的弟弟却死了。这样想也没有错。我也觉得她可怜，但还是不能容忍她的无礼。大助哥哥很亲切地给她讲，可她一言不发，也不道谢，拿着遗物站起来走了。

祖母和大嫂都愣住了，我慌忙追到大门口。阿铃来到昏暗处，或许觉得没人看她，发出了一声怪笑。

啊！那种笑声！我后背冒起一股寒意。阿铃的笑声是那么险恶、世故，有种令人说不出的讨厌。

但她马上注意到我，慌忙收起笑声，用恐怖的眼神直勾勾地盯着我，好像很生气的样子，飞快地走了出去。她为什么要发出那样讨厌的声音呢？

我果然还是讨厌她。

昭和二十一年八月一日

好久没给哥哥写信了。本来要经常写的，可我陷入混乱了……为什么混乱，我也没有明确的理由。但我总觉得害怕。是的，我真怕。我预感本位田家要发生什么不好的事。哥哥，哥哥，我该怎么办呢？

昭和二十一年八月八日

哥哥，请原谅我，寄了一封奇怪的信，让你担心了。我不知道这封信是否也该给你看。但上一封信寄出后，我觉得写得模模糊糊，反而让你担心，这次下决心都说出来。哥哥，请听我说，听听我最近的烦恼。如果我想错了，请严厉地指出来。

大助哥哥回来后，家里完全变样了。不是往好的方向发展，而是完全变坏了。原先大助哥哥是个开朗、体贴、阳光的人，有他的地方就有笑声，谁都不由自主地喜欢他。

到底发生了什么？回来后，他整个人都变了，变得非常阴暗。不，不仅仅是阴暗，可以说一股妖气笼罩在他身上。他回来已经一个多月了，可我从没有看见他笑过。

别说是笑，有事的时候，也是用极短的字句，根本不怎么张嘴说话。另外，他走路时像猫一样不出声，不停在家里转，好像在搜寻什么，总是竖着耳朵。在昏暗的走廊里，每次看到穿着白色薄和服的他瞪着发白的玻璃眼珠悄悄地走，我的脊背就一阵发寒。

在仓库里看书或写作的时候，不经意想起那两只没有活人气息的眼睛，我的心脏就像插进冰冷的利刃一样难受。无论在家里的哪个地方，大助哥哥的玻璃眼珠都一直盯着我们。不，这绝不是我有妄想症或强迫症。大助哥哥无论在哪儿，都知道家里人的一举一动。我们之间有什么谈话，谈话里隐藏了什么意思（虽然没有隐藏过什么），他都能找出来，一直瞪着看不见的眼睛。他到底在找什么呢？

最可怜的是大嫂。

大嫂总说“没什么，夏天就是会变瘦”。可大嫂瘦得那么明显，肯定不只是因为天热那么简单。我很清楚。

最近,祖母压低声音(最近家里人都染上了说话压低声音的毛病)对我说过:“鹤代,大助和梨枝啊……”

“嗯……”

我回应的声音极小,似乎怕别人听见。祖母很可怜,最近明显见老。她稍微有些犹豫,还是说了:“那两个人一点儿都不像夫妻,都不睡在一张床上。这个年纪又没有孩子,怎么能分开睡?我实在放心不下。”

我脸红了,觉得祖母有点儿过分,居然对我这个小孩子说这么露骨的话。但是想想,这也许是最严重的问题,所以才要对别人说,连我这样的小孩子也毫不顾忌了。于是我直白地对祖母说:“奶奶,夫妻不能睡在两张床上吗?大哥回来后好像很累,所以一个人休息,是形成习惯了吧。”

“啊,那个……睡在两张床上也没关系。我是想说……”祖母的话模糊起来,“大助回来后,两人是不是还没行夫妻之事啊?”

我的脸又红了。“奶奶真过分。这种事我怎么明白。”

“我可明白。到了奶奶这个年纪,很多事情都明白了。可究竟是哪边不好呢?大助应该不会嫌弃梨枝,毕竟那么长时间没有碰过女人。”

“大嫂也不会嫌弃大哥吧。”

“是啊,所以说奇怪。总之大助像完全变了个人似的。”

祖母说着,叹了口气。听到最后一句,我不知为何害怕得打战,有些毛骨悚然。

昭和二十一年八月十五日

哥哥，看了上一封信，你该知道我在想什么了吧。我也看到了你对我的批评。当然，我的想法很愚蠢，应该不会有、也绝不能有那么恐怖的事。

可是，哥哥，感到恐惧的不只是我一个人。大嫂也一样，虽然她极力掩饰。

那是昨天的事。我看到大嫂呆呆地站在客厅里。上封信说过，她这一个月瘦了很多。她在昏暗的客厅里呆呆地站着，看起来像幽灵一样。

“大嫂，你在干什么？”我走到她后面，用极小的声音说道。

大嫂好像听到炸弹爆炸一样，几乎要跳起来。看到是我，她露出了虚弱的微笑。“啊，真讨厌，吓了我一跳。”

“啊，对不起，我不是故意的。大嫂，你在这儿干什么？”

“我？”大嫂歪着脖子盯着我，脸上挂着微笑，“我在看屏风，你看，葛叶……”

我愣了一下，向大嫂身后看去。祖母从仓库里拿出来的葛叶屏风还在那儿。微暗的客厅里，屏风上的葛叶几乎和大嫂的影子重叠在一起，虚幻朦胧。

“葛叶……大嫂，葛叶怎么了？”我疑惑地看着大嫂和葛叶。

“鹤代，你不觉得这是个不祥之物吗？看，葛叶没有瞳孔，你大哥也是……”大嫂的声音微微颤抖，然后似乎自言自语道，“你大哥怎么把眼睛弄没的？装上玻璃假眼前，他的瞳孔是什么样的？也许……”

“大嫂！”我不由得屏住了呼吸，却忘了压住声音，“果然大嫂也……大嫂，你发现了什么吗？大哥有哪里不对吗？”

大嫂吓了一跳，望了望我，眼睛瞪得大大的。我觉得就要被吸入她的眼里一样。她握着我的手说：“鹤代，你说什么？我不懂。还是不要瞎说了。因为自己受苦就说别人坏话可不好。可是……”她非常苦闷地长叹了一口气，“这屏风不好，让我瞎想。葛叶是狐狸，不是真正的人。但是，信田森林的狐狸化为葛叶，嫁给安倍保名，并不是出于恶意。而且保名是男的，即使和其他女子结婚也不丢面子……可是，女人该怎么办呢？该是自己丈夫的人却不是自己的丈夫，是其他人，该怎么办？要是那样，女人是活不下去的。”

哥哥，你明白了吗？还有人和我有相同的恐惧……而且还是最了解大助哥哥的嫂子。不，不，不光是嫂子和我，祖母不是也有同样的怀疑吗？现在想来，大助哥哥回来那天，阿铃在门口露出的灼热眼神就好理解了。还有大助哥哥讲完伍一临死时的模样，阿铃回去时露出的邪恶笑容……啊，阿铃一定在我们之前就识破了那个装着假眼的人的真实身份。阿铃知道，那个人不是大助哥哥，而是自己的弟弟伍一。

哥哥，救救我！如果这种状态持续下去，我一定会死的。不，大嫂肯定会先发疯，会死的！我非常想知道，现在在家里的人真的是受伤后失去了双眼吗？不是为了去掉大助哥哥和伍一唯一的区别而故意挖出双眼吗？在勐度战死的不是伍一，而是大助哥哥吧？

啊，太恐怖了！单单这么想，我就快疯了。哥哥，请给我出个主意。那个人真的是大助哥哥吗？还是冒牌货？如果不弄清楚，我们永远都会在地狱中。

昭和二十一年八月二十三日

哥哥，谢谢你。哥哥果然最聪明了，我们怎么没想到这么简单的办法呢。

嗯，我还记得，那叫替身绘马。参战前，在绘马上按下右手的手印，供奉到神社里，绘马就成了自己的替身。我记得大助哥哥参战前也供奉过替身绘马。他在白木做的绘马上完整地按下了右手的手印，新田家的叔叔写上了“武运长久”几个字，这对我来说好像是昨天发生的事情一样。

对了，那个绘马现在肯定还放在神社里。绘马的背面有大助哥哥的名字，肯定不会错。我不知道秋月伍一是否供奉了绘马，但这不重要，对吧？只要有大助哥哥的绘马，就能对上了。

我在某个地方读过，每个人的指纹都不一样，而且永远不会变。所以，即使没有伍一的绘马，只要有大助哥哥的绘马，我们就能给这个恐怖的疑问画上终止符。

我拜托阿杉今晚去神社偷偷把大助哥哥的绘马拿回来。不要担心，阿杉会找个借口，绝不会说出真实的意图。本来我去也可以，可这样的身体是爬不上神社那个陡峭山坡的。不要紧，不要紧，我对大嫂和祖母都不会说的，直到事情弄清楚为止……

放心吧，我会把大助哥哥的指纹取下来，绝不会出错。

昭和二十一年八月二十四日

哥哥，救救我！

阿杉死了！从神社的山崖上摔下来了！阿杉昨天晚上按我说的去绘马堂取绘马，却没回来。

今天早晨，田口家的阿实在山崖下发现了阿杉的尸体，跑来告诉我们。谁都不知道她去绘马堂取绘马，所以大家都觉得不可思议，她为什么要去那种地方。

我也不知道绘马怎么样了。也许还挂在绘马堂，也许是阿杉带回来的时候被人抢走掉下了山崖。

哥哥，好害怕，我好害怕！

阿杉的葬礼是后天。以这个为借口，哥哥你一定要回来！

我快疯了！

大惨剧

——鹤代疑惑愈深

昭和二十一年八月二十九日

哥哥，辛苦了。看到你健康的脸色，我就吃下了定心丸。哥哥，请一定保重身体，秋天前要完全康复，回到家里。你在与不在，对这个家的影响有多大，葬礼上就很清楚了。

我逐渐冷静下来了。虽然你说什么都不要想，我却办不到。那件事不解决，我就不能停止思考。你回来的时候，本来想和你谈谈，但人很多，一直没有机会，最近又开始胡思乱想。

这样说也许又要被哥哥批评，但有些话确实不吐不快。而且我除了对哥哥你以外，还能对谁说呢？请哥哥不要骂我，听听我的想法。

阿杉真的是疏忽大意，从山崖上摔下来的吗？那样也太偶然了。我还是认为是被人推下去的。

谁会推阿杉呢？还有，为什么？第一个问题我回答不上来。可是我知道第二个问题的答案。阿杉是因为绘马被杀的。对于杀阿杉的人来说，阿杉拿回的绘马会对他不利。那么，为什么不利呢？这就不用说了。绘马上的手印如果和家里那个有假眼的人一对比就麻烦了。可见，那个有假眼的人果然不是大助哥哥，而是秋月伍一。

哥哥，你批评我明明是女人，却满嘴大道理，说我太沉迷于理论游戏。我尽量避免这种习惯，可这次怎么都要遵循逻辑。这不是游戏，是认真的，是生死攸关的问题。

按照上面的推理，我们知道阿杉拿绘马回来对谁最不利，那就是有假眼的人——扮演大助哥哥的秋月伍一，此外别无他人。而且那人有机会知道阿杉去取绘马，也知道为什么要取。

以前的信里写过，那人在哪儿都能知道家里的所有事情。是的，他肯定偷听到我让阿杉取绘马，然后马上明白了其中的含义。可是问题在于他是个瞎子，就是想跟在阿杉后面杀她，也不可能实现。如果没有人帮助，他一步也离不开家门。

但是……想到这儿，我一下子想起来了。是的，阿杉死去的前一天，也就是我拜托她的那天傍晚，我看到那人站在院子深处的墙根下和别人说话，声音很低，似乎怕被人听到。我听不清说什么，但发现对方是秋月家的阿铃，顿时感到一股异样的烦闷。

就是那时。有假眼的人让阿铃去杀阿杉。

对了，那人和阿铃说完回来时，脸上的神情说不出的骇人……

太可怕了！

把阿杉推下悬崖的一定是阿铃。阿铃和伍一同谋，想要霸占家业。小时候我听别人说过，阿铃的父亲因为怨恨我们的父亲，投井自杀了。阿铃的母亲一年后也投同一口井自杀。

阿铃和伍一姐弟继承了双亲的遗志，要向我们家复仇，可是我们却无计可施。哥哥，哥哥，清醒地看看吧。我们能依靠的只有你了。

如此重要的绘马究竟到哪里去了……

昭和二十一年八月三十日

从昨夜到今早，发生了两件恐怖的事。

一件是昨天深夜家里进了小偷。是我发现的。祖母以前睡眠很浅，但最近明显上了年纪，大白天也会打瞌睡，更别说晚上。当时我先醒了。

当时我正做噩梦，梦到葛叶从客厅里的屏风上走出来，不知不觉间变成了大助哥哥，可怕的玻璃眼珠一动不动地盯着我。

我吓得睁开眼睛，马上听到撬防雨窗的声音。开始我以为是老鼠在咬什么，结果又传来咔嗒咔嗒的声音。我马上坐起身。

“奶奶！奶奶！”我冲隔壁房间喊道，祖母没有回答，只传来有规律的鼾声。我很害怕，就拉开拉门，躲进祖母的房间，隔着被子摇晃她。所幸祖母马上睁开了眼睛。

“奶奶，有奇怪的声音，在主屋那边……”在祖母出声前，我对着她的耳朵小声说道。

祖母立刻坐起来。“奇怪的声音？什么声音？”

“开防雨窗的声音。确实是主屋那边。”

祖母竖起耳朵听了一会儿，并没有听到什么奇怪的声音。“鹤代，是老鼠吧。”

“不，不是老鼠。我开始也那么想，但确实是开防雨窗的声音。”

祖母稍微想了会儿。“那就去看看吧。”

祖母最近身体明显变弱，但性子还和以前一样坚强。她快速扎上腰带，轻轻拉开拉门。我虽然害怕，可一个人留下来更害怕，就跟了上去。

走过走廊，从仓库来到主屋，厕所旁边有一扇防雨窗开着。我心脏怦怦乱跳，紧紧抓着祖母的手。祖母真是个了不起的人。一般人这时会马上喊起来，祖母却相反，轻手轻脚靠近客厅拉门，透过门上的玻璃向里面望去。我也学着祖母那样看向客厅。

客厅当然没有开灯，可是防雨窗和拉门各开了一扇，外面的月光洒进来，朦胧中能看清东西。哥哥你也知道，客厅里放着葛叶屏风。屏风前好像站着一个人，不知道是谁。从模糊的背影来看，应该是个年轻男人。不可思议的是，那人正在心无旁骛地观赏屏风，像是被屏风上的葛叶迷惑住了，茫然呆立。

“谁？谁在那儿？”

祖母忽然喊道，声音低沉、锐利、有力。站在屏风前的人听到后猛一回头，马上从开着的拉门缝隙间钻出，从防雨窗逃向外面。由于太慌张，小腿撞到饭桌，发出很大的声音。他好像很疼，跛着脚跑了，样子很奇怪。

在旁边房间睡觉的大助哥哥和大嫂听到声音也醒了，啪嗒一声，从楣窗的缝隙里透出亮光。不久，大嫂拉开拉门出来了。

“是奶奶啊。刚才的声音是怎么回事？”

“有小偷。”

“小偷？”

“撬开防雨窗进来的。还好鹤代醒了，什么都没被偷……鹤代，把灯打开。”

打开电灯，从走廊到屏风前有一道鞋印，没有丢什么东西。

“啊，真可怕。我一点儿都没发现……”

“不注意点儿可不行。小偷好像在观察你们睡着了没有。”

“哎呀，真吓人。”

“不要紧。他跑出去就不会再回来了。把门窗都锁好，快点儿睡吧。”

这样吵闹，大助哥哥居然没有起床，但他也不是在睡觉。我透过拉门向屋里看去，他坐在微微摇动的白色蚊帐里，一动不动地听着谈话，可怕的假眼隔着蚊帐望向这边……床铺上并排放着两床被子。

这是昨晚的第一件事。第二件事发生在不到半小时后。

小偷风波平息后，我们回到各自的房间。也许是因为激动，我怎么也合不上眼，辗转反侧之间，似乎又听到了异样的声音，还是主屋传来的，好像是强忍痛苦的呻吟声。我一下子坐起来，祖母也从旁边房间问我：“鹤代，你也听到了？”

“嗯，奶奶，那是什么？不会是小偷回来了吧……”

“去看看吧。”

我们又悄声走到主屋。防雨窗没有什么异常，呻吟声是从里面大助哥哥的卧室传出来的。拉开客厅的拉门，卧室似乎亮着灯，楣窗缝隙透出来的光映射在天花板上。呻吟声好像是大嫂发出来的。

“大助，梨枝，你们在干什么？怎么了？”祖母也吓了一跳，用袖子遮住嘴，小声问道。

可是卧室里没有回答，只有大嫂压抑的呻吟声，不，还有大助哥哥的剧烈喘息声，以及“混账”“婊子”一类低沉的咒骂声。

祖母也很犹豫，但情况太奇怪，又不能扔下不管。她把卧室拉门拉开一道缝。我在她的袖子底下悄悄向里看。一瞬间，我胸口一紧，感觉到前所未有的恐惧。

蚊帐里面，大嫂上半身赤裸，脸朝下，被大哥用膝盖压在床铺上。大哥把大嫂的胳膊反扭过来，几乎要扭断了，另一只手不停地抚摸她的右侧腹部。当时大哥的样子简直就和地狱的鬼一样，恐怖得难以形容。

“啊，大助！”祖母不由大声叫道，“你在干什么？！”

大哥好像这才注意到我们，从大嫂身上跳下来。“我看不见！啊！我看不见！”

他放声狂叫，两手揪着头发。大嫂像死了一样瘫在床上，一动不动，散开的头发像黑蛇一样在白色的床单上蠕动，随着哽咽一跳一跳。她呜咽了很久。

哥哥，这是怎么回事？大嫂今早脸色苍白地起来了。祖母怎么问，她都不说昨晚那事的原因。大助哥哥把自己关在卧室里没有出来。

这和昨晚的小偷一事有什么关系吗？小偷又是谁呢？我什么都不知道，只知道马上要发生什么恐怖的事情了……

啊，啊，啊，究竟会发生什么呢？

昭和二十一年九月二日

哥哥，不好了，大嫂被杀了！大助哥哥也失踪了！祖母现在卧床不起。

送信的鹿藏骑着自行车，你马上坐他的车回来。

新闻报道

——嫌疑人反复变更

（昭和二十一年九月三日剪报）

暴风雨夜杀人案，被害者为地主之妻

九月二日拂晓，暴风雨中发生了一起恐怖的杀人案。被害者是本县K郡K村的地主本位田大助之妻梨枝（二十四岁），在卧室被乱砍致死，于二日晨被小姑子本位田鹤代（十七岁）发现。接到紧急报案的警官表示，凶案大致发生于午夜十二点左右。不可思议的是，本位田大助（二十八岁）去向不明。大助今年七月从南方复员，双目失明，无人照顾就离不开家门。家中共有祖母槙（七十八岁）、大助、梨枝、鹤代及男仆鹿藏五人，天亮之前无人注意到惨案，因为昨夜大暴雨，没有听到惨叫声。

（昭和二十一年九月四日剪报）

丈夫陈尸井中，屏风上有清晰手印

关于K村地主本位田家的杀人案，在二日傍晚搜寻主人大助去向时有意外发现，在其家后院的古井中发现了尸体。大助心脏被刺，旋而投入井中，凶器尚未发现。在凶案卧室隔壁的客厅里，本位田家收藏的屏风上有清晰的带血手印，似乎被认为是凶手所留。如果确认无疑，案件将很快解决。警方似乎已迅速锁定凶手，展开大规模调查。

（昭和二十一年九月五日剪报）

凶手是家庭成员？本位田家的复杂内情

K 村本位田家杀人案的局面陡然变化。曾被认为是凶手留下的屏风手印，经调查判定，为被害者本位田大助所留。警方仔细搜索后，于后院草丛中发现了被认为是凶器的贞宗短刀，但无人记得短刀于何时丢失。由此可以猜测，凶手来自本位田家内部。警察当局也考虑到这一点，严厉讯问家庭成员，但目前并没有确切证据。被害者大助的弟弟慎吉（二十五岁）在距离 K 村二十四公里的 H 疗养所长期住院，案发第二天在妹妹鹤代发信后火速归家。警方对此点产生疑问，在 H 疗养所调查后，可以证明他二日晚不在现场。另外，二日清晨，男仆鹿藏浑身湿透，自行车沾满泥污。经警方调查得知，案件发生后，鹤代命令他冒雨去 H 疗养所接慎吉。祖母槙老夫人在大助尚未复员、生死不明时，曾计划让梨枝和慎吉结为夫妇，未知是否为此次凶案之原因。

（昭和二十一年九月六日剪报）

被害者是否为大助？本位田案件的新情况

本位田家的双重杀人案又有奇怪的新情况。透露这一情况的是同村的秋月铃（三十五岁）。

据秋月铃所述，被杀者非大助，乃其弟秋月伍一。村人俱知大助和伍一极其相像，看过战时大助和伍一合影即可知晓。唯一不同在于，伍一目有重瞳，大助则与常人无异。然伍一在大助战死后，自挖双眼，伪装成大助。被问及原因，乃言伍一本为本位田上代家主大三郎之子，遭逢遗弃，要向本位田家复仇。凶手是谁自不用说，乃是本位田一家共谋。秋月铃恳请调查慎吉之行动，认定慎吉当夜离开疗养所返回村子。利用自行车，往返只需五个小时。慎吉从疗养所溜出，杀兄弃井，于天亮前返回疗养所。梨枝则因目睹凶案而被灭口。云云。

然经调查发现，阿铃所告发全无根据。慎吉之不在场证明早已得到证实，当晚值班的两名护士可以证明，慎吉不可能离开疗养所两小时，因为每一小时有两名值班护士巡视一次。当晚慎吉无法入睡，还索要了安眠药。

另外，阿铃揭发之被害者双眼亦有有趣情况。被害者双眼皆是假眼，但发现的尸体上，右眼假眼已丢失。虽在本位田家仔细搜索，目前尚未发现。假眼或许成为解决此案之关键。

（昭和二十一年九月七日剪报）

凶手或有前科，本位田家案件再度逆转

K村本位田家杀人案浮现出新的重要嫌疑人，是同村小野宇一郎（六十四岁）的长子昭治（二十五岁）。此人有三次前科，且在今年六月六日从O看守所越狱，目前正被通缉。警方认为其会流窜回乡，已布下天罗地网。本位田案件发生的二日清晨，有证人在案发现场见过嫌疑人。另外，本位田家发生惨案四天前，即八月二十九日深夜，有小偷入室行窃。该小偷据传为小野昭治。小野一家对本位田家怨恨极深，警察正全力缉捕此人。

（昭和二十一年九月十二剪报）

小野昭治承认作案，凄惨的本位田案件真相

因在本位田家杀人案中有重大嫌疑而被捕的小野昭治（二十五岁），于十一日晚承认犯罪行为。现据其自述，将凄惨的本位田案件整理如下：

小野家和本位田家以前皆是K村的大户，因本位田家上代家主大三郎和上上代家主庄次郎手腕毒辣，小野家资产尽数被夺，到昭治的父亲宇一郎时，不得不背井离乡，前往神户。而后三十年，在神户获得成功的宇一郎因战火再次一无所有，回到K村后，村里人对其失败也颇为冷淡。本位田家三十年前曾霸占小野家的传家宝屏风，至今未予返还，而小野家人口颇多，难以糊口。从O看守所越狱后投奔父亲的小野昭治听闻此事，对本位田家怨恨极深，意图杀光其全家。

昭治的计划和犯罪始末如下：八月二十九日深夜，他第一次试图袭击本位田家，却被其家人发现，狼狈逃窜，但偷走壁龛中的贞宗短刀。九月一日夜，昭治趁暴风雨之夜，溜进上次观察好的大助夫妇卧室，先将熟睡中的梨枝砍死。被声音吵醒的大助虽然眼盲，但也许是惊于血腥味，从蚊帐中逃出，逃至屏风前，被赶来的昭治一刀刺在心脏。丧心病狂的昭治在主屋中搜索，所幸大助的祖母阿槙和妹妹鹤代在另一座房子中就寝，幸免于难。昭治见无法找到其他人，抱起大助死尸投入井中，将凶器掷于草丛中后逃走，其时被害者假眼掉入兜中，昭治浑然不知。

以上是凄惨的本位田家杀人案的真相。

可怕的妹妹

——鹤代讲述真相，并附慎吉之追记

昭和二十一年十月七日

这一阵子心烦意乱，今天一定要把烦恼困惑的心情写下来，因此拖着病体坐到了桌子前。哥哥你现在和我住在一起，写信多少有些奇怪。但除此之外，我不知道怎样才能把现在的心情告诉你。而且我知道，如果不趁现在说，就太迟了。大助哥哥复员以来，我的心脏长期处在猜疑、恐怖和紧张之中，在看到惨案的一瞬间，心跳几乎停止了。能维持到现在是出于责任感。祖母已经倒下了，至少我还要挺住。正因为这种想法，我脆弱的生命才能留存下来。可是，已经到达极限了。特别是两三天前我无意中的恐怖发现，一举粉碎了我的自信。啊，我活不下去了！

那是大前天的事。我坐在昏昏然睡着的祖母枕边，心里涌动着一股莫名的悲伤。你不知道去了哪里，鹿藏也去野外了，我一个人望着窗外的雁来红。这时，我忽然觉得榻榻米坐着有些难受。我一开始没在意，可挪动了两三次后还是难受，不由得看了看，发现榻榻米的一边翘起来了。我觉得很奇怪。祖母向来一丝不苟，整个房间的榻榻米有一点儿不平整都看不下去。也许下面藏着什么吧……我不由得掀起榻榻米的一角，下面有个高级和纸包着的东西。我一下子觉得非常不安。这里会藏着什么？

我看了看祖母，她还在酣睡。我有些内疚，但好奇心还是占了上风。我悄悄把包裹从榻榻米下面取出。包裹摸起来像木板一样硬，我似乎一下子知道是什么了，急忙打开。

果然是绘马，就是大助哥哥出征前供奉到神社里的绘马。阿杉为了取回它，掉下山崖而死。

当时我是多么吃惊！我感到心脏马上就要停止跳动了。祖母为什么会保存着这个绘马？这是祖母的房间，纸包的包装也是祖母的手法，肯定是她藏起来的。她是怎么把它拿回来的呢？我害怕得几乎啊的一声大叫出来。

我昼夜都在想这件事。哥哥也知道，我要是关注什么，不彻底想明白就安不下心。我想来想去，想来想去，最后终于得出了结论。

无论如何，祖母不可能把阿杉推下悬崖。祖母两三年前就腿脚不便，基本不出屋，更别说登上陡峭的山坡了。那么，她就是让其他人把绘马拿回来的。可是，受托的那个人肯定马上就能明白祖母想用绘马干什么。祖母这么聪明，肯定也能注意到这点。我想不到有谁能让祖母信任，承受如此重托。只有哥哥你……

这样想来，我一下子明白了。是的，把绘马拿来的就是哥哥你。那是什么时候拿来的呢？我想起在阿杉坠崖后，你从疗养所回来。哥哥，阿杉坠崖一定让你吃惊，你肯定也和我有过相同的想法。所以你悄悄地去了神社，发现绘马好好地挂在绘马堂里。那么，阿杉坠崖和绘马没有关系，完全是个意外。

是的，我发现自己以前想得太复杂了。我真笨。自己构筑没有根据的恐怖，自己吓唬自己。把绘马上的手印和葛叶屏风上留下的带血手印一对比就可以解决了。警察证明，屏风上留下的手印和井里打捞上来的尸体的以及绘马上的完全一致。就是说，安假眼的人果然是我们的哥哥大助，而不是伍一！

啊，我究竟怎么了。把亲哥哥当成外人，偷偷窥视他，偷听他说话，让他越发陷入不幸的孤独中。

我是个多么愚蠢恶劣的人啊！哥哥，你从绘马堂里取回绘马，为什么不对我说呢？我渐渐知道原因了。你认为安假眼的那个人也许是冒充的。把确认的任务交给我这个敏感易惊的女孩太危险了，所以你悄悄地交给祖母。祖母准备等有机会就去对比，悄悄地藏起来了。可是……可是……那个机会还没来，大助哥哥就死了！

绘马的事大概就是这样。下面，我要说那恐怖的杀人案。

小野昭治承认自己杀了两个人。可是，我从一开始就知道他在说谎。这既是我的感觉，也能从推理上确证。昭治说他八月二十九号晚上溜进来时偷走了贞宗短刀。可是，我清楚地记得，九月一号晚上，那把短刀还在百宝阁上。

昭治在说谎。他为包庇某个人，自己甘愿顶罪。他在包庇谁呢？凶手又是谁呢？

我再一次回顾了案发时的报纸，反复阅读，然后得出了一个结论。当时警察对你非常怀疑，但放过你是因为你有完美的不在场证明。你绝对不可能在那天晚上到达二十四公里外的 K 村，所以你和这次的杀人案没有关系……在警察看来是这样的。

我是这样想的。你和这次的杀人案完全无关吗？H疗养所距离K村二十四公里，绝对不能杀人吗？不是。杀人有两种情况，一种是凶手跑过来杀人，一种是被害者跑过去被杀害。第一种情况，你有完全的不在场证明，不合情理，可第二种情况……

警察没有想到这点，这是多大的疏忽！这是由于他们先入为主地认为，被害者看不见，没有帮助就不可能走出房子。可反过来想，只要有人帮助，他就能到外面去。那么是谁呢？假如坐上鹿藏的自行车，从K村到H疗养所也不是不可能。他在H疗养所附近和你见面、被杀，尸体再由鹿藏运回，扔到K村的井里，也不是不可能。

哥哥，我得出这么恐怖的结论是有理由的。

第一，我发现大嫂的尸体，吓得去找鹿藏，鹿藏的衣服湿淋淋的，自行车上全是泥点。警方虽然也注意到了，但在警察赶到前，鹿藏又骑自行车去H疗养所接你，所以被认为是那时候弄上的。我故意没说出去。

第二，大嫂被杀是在一号夜里十二点，但二号早上五点左右，我听到水井发出咯吱咯吱的响声。大助哥哥一定是在那时被扔进去的。凶手为什么必须从十二点等到五点呢？

第三，大嫂的尸体被扔到客厅，但为什么大助哥哥的尸体被扔进井里？自然是有必须扔进井里的理由。这是因为大助哥哥往返于H疗养所，浑身湿透，全是泥巴，不能放进客厅吧。

哥哥，我觉得自己好像亲眼看见了当夜的情景。大助哥哥从阿铃那里得知大嫂和你之间有说不清的关系。嫉妒发狂的他在那晚砍死了大嫂，逼迫鹿藏带他去H疗养所，打算在那儿杀了你，结果却被你杀死，再由鹿藏骑自行车带回尸体，扔进井里。

写到这里，我从窗户望向天空。晴朗的天空飘着羊毛一样细碎的浮云。看着云，我感觉飘了起来，飘飘然如升天一般。身体变得像玻璃一样透明，一切苦痛和悲伤都升华了。

我不知道小野昭治为什么甘愿顶罪。他从前和你非常要好吧。我从来没想过向鹿藏追问事情的真相。我只是一个人想，一个人想，想像空气一样消失在天际。

那日子已经不远了吧。再见，哥哥。我是不称职的妹妹。

慎吉追记

昭和二十一年十二月八日

可怕的妹妹啊!

鹤代最后的信里对那起案件说得分毫不差。我还要写些什么呢?我只想写下案发前大哥的苦闷，并补充些案发时的情况。

我做梦也没想到大哥会陷入那样恐怖的疑惑。那晚他来杀我的时候，发疯地叫骂，在听到那些话之前，我做梦也想不到大哥心里恐怖的秘密。

让大哥痛苦的，首先是对大嫂的不信任，是关于大嫂不贞的猜疑。播下这颗地狱种子的正是秋月伍一。也可以说我们被秋月一家成功复仇了。

伍一死时，只有大哥守在他身边。伍一用最后一口气向大哥说："你媳妇梨枝，以前和我发生过关系。如果你觉得我在说谎，回去后就看看梨枝的右侧腹部，那里有颗小小的葫芦形的痣。我知道这一点，就是她和我发生过关系的证据。"

大哥和大嫂结婚不足一年，他遵守礼法，不可能对大嫂的身体了解得那么仔细。伍一的自白让他错愕，也让他陷入了疑惑的泥沼。而后的失明让他无法自己确认这个疑惑，陷入了难以自拔的地狱。

复员回来后，沁在大哥身上的那种恐怖的妖气就是由此而来。而且他后来听阿铃说大嫂和我有染，便掉入了地狱的深渊。本来就对妻子的忠贞抱有怀疑的他被阿铃毫无根据的中伤彻底动摇。然后，又发生了更不幸的事情。

八月二十九日潜入大哥夫妇卧室附近的，就是警察所说的小野昭治。大哥却误认为是我。他认为祖母和妹妹明知是我,却故意包庇。真是可悲的盲人的猜疑之心！大哥从不把猜疑说出口，导致我们烦恼、恐惧，这又加剧了大哥的猜疑。

九月一日，暴风雨之夜，无法忍受猜疑和妒忌的大哥爆发了。他砍死了大嫂，拿着沾满血的凶器逼迫鹿藏，带他来到了 H 疗养所。

大家都知道,结核疗养所是个开放式的建筑。我的病房在最里面，从后山可以直接进入走廊。鹿藏以前也来过几次，知道我的病房。

我到现在也忘不了那晚。午夜两点左右，我被鹿藏叫起，来到后山，看到大哥站在那儿，非常吃惊。大哥马上把鹿藏支开，痛斥大嫂的不贞和我的罪行。我不知道伍一所说是否属实，至少我从没做过那样的事。我当然极力解释,可是那些话根本进不了大哥的耳朵。大哥忽然挥舞短刀向我砍来。

后面的事情我不想说。即使说，我也不记得很多。我们在风雨中缠斗在一起。我只是想让大哥变回正常。我们扭倒在地，大哥忽然不动了，我这才发现他的心脏处露出短刀的刀柄。不可思议的是，一滴血都没有流出来。

当时，我不知道怎么把尸体运回 K 村扔到井中，便马上把鹿藏叫过来，让他看了尸体。鹿藏吓得发抖，说道："少爷，这人迟早是要死的，毕竟他杀了自己的老婆。少爷，我把尸体放在车上带回去，谁都不知道他来过……"

鹿藏的话给了我启发，我制定了计划。把尸体扔进井里的原因正如鹤代所说。我本想和大嫂放在一起，但湿漉漉的尸体又不能搬进客厅。我没想到自己的计划会那么成功，也没想到鹿藏的嘴会那么严。我只想好好理清思绪，想暂时脱离这起案件。

昭治之所以替我顶罪，理由也和鹤代说的一样。昭治小时候在K村度过的四年里，和我是最好的朋友。所以复员回来的昭治被阿咲从小野叔叔那儿赶出来后，就到了疗养所。我当时在经济上给了他一些帮助。后来他经常悄悄地拜访我，从O市的看守所越狱后也首先来到我这儿。我并不想违反法律，只是一直觉得昭治这个人很可怜。我不赞同他最近的行为，但同情他落入这步田地的经历，所以不仅没有告发他，还在各方面给了他帮助。

九月一日，发生恐怖案件那晚，昭治也悄悄到我这里了。送走鹿藏后，我把他叫醒，把事情的经过都说了。他非常惊讶，但马上保证："慎吉，放心，要是有什么万一，我替你担着。反正我这辈子也算完了，再多一两个杀人的罪名也不打紧。"

昭治说着，脸上露出可怕的笑容。然后又说现场不能没有什么证据，便一个人出去了。不一会儿，他笑着回来说："你看，这不有个上好的证据？"

说着，他摊开手掌，手心里放着大哥的假眼。我还记得当时内心如血液凝结般的恐怖。

"这个我拿走了。嗯，只要拿着这个，说不是凶手也没人信。"

昭治马上离开了疗养所，估计是要故意在我家附近现身……

我想说的都说完了。不，还有一件重要的事必须说。九月二日，接到鹤代来信后，我回到家里，马上去看大嫂的遗体。大嫂右侧腹部什么痣都没有。啊，我们彻彻底底被秋月姐弟报复了！

可怜的大哥！

鹤代十月十五日死了。她那样心脏脆弱又头脑敏锐的姑娘没有长存于世，或许是一种幸福。祖母也在一周前去世了。我对祖母什么都没说，她一定也知道一些真相。现在，本位田家剩下的唯一的男人在写这篇手记。

写完后，我将把这手记和鹤代的所有信件一起寄给金田一耕助。

金田一耕助……我从狱门岛事件中得知了他的大名。他从狱门岛来到这里，打算再次调查这一案件。得知此事时，我是何等惊讶和恐惧啊！

我并没有打算逃跑，只是一直担心祖母。失去了大哥夫妇和鹤代，祖母只能依靠我。

后来，金田一耕助来拜访我。我们谈得不多，但我想他已经看出了真相。我已经彻底做好心理准备，默默地把妹妹的最后一封信递了过去。

金田一耕助不可思议地看着信，读了起来，脸上露出深深的惊讶。一口气读完后，他一时茫然若失地眺望远方，过了一会儿才把视线转回我身上，忧郁地嘀咕着："你打算……"

"我打算……"我如同鹦鹉学舌般接了一句。

金田一耕助一直盯着我看，忽然露出微笑。"你祖母身体怎么样？"

“啊，可能时日无多了。不知道能不能撑过今年……”

“这样啊，这样啊……”金田一耕助出神似的自言自语，然后用湿润的眼睛看着我，“这封信暂时不要给任何人看，至少在你祖母去世前……啊，我不请自来，太失礼了。”

他像来时那样，飘然离开了。

金田一耕助没有要求我做什么，我也没有答应什么。但我必须守信。现在祖母已经去世，我已没有什么可留恋的。把这些信件从邮局寄出之后，我就要选择自己应走的道路……

黑猫酒馆事件

序章

敬启者：

近来一切可好？前几封信里，您说身体不太好，后来看到《狱门岛》还在按时连载，我想您的身体应该没有大碍。我每个月都拜读《狱门岛》，非常有趣。虽然有些地方让我很难为情，但小说不得不如此。今后也期盼您的大作（但请手下留情）。

那么，说说正事吧。以前我去拜访您的时候，您曾说过，您在《本阵杀人事件》里勉勉强强写了一个“密室杀人”的故事，下次非常想写一个“无面尸”的故事，如果我遇到了这样的案件，希望我能提供材料。Y先生，我回到东京后接的第一个案件，您猜是什么？就是无面尸案件，而且和您所说的无面尸的模式还有很大不同。

Y先生，我现在不由得想起一句老掉牙的谚语：无巧不成书。艺术来自生活，现实生活往往比小说还奇特。在《本阵杀人事件》的开头，您曾写过，要感谢谋划这个案件的凶手。好的，那么请您对策划了这次无面尸案件的、奸恶无双的凶手，也表示下谢意吧。这个案件没像《本阵杀人事件》和《狱门岛》的三重杀人案那样运用工具，这点也许不太合您的心意。但在凶手计划之黑暗和负隅顽抗之残暴的意义上，上述两个案件是不能与之相比的。这是我的看法，但还是不要班门弄斧了。在另一封信里，我寄去了案件相关的全部文件。一切都请您来决断。文件上都有编号，请按顺序读下去。至于您如何消化这些材料，如何整理，我期待您高超的本领。

金田一耕助上

上面这封信，是昭和二十二年春天，我在疏散地冈山县的农村收到的。

看完此信，我异常兴奋，但更多的是战栗。从金田一耕助给予的评价就可看出，这是非同寻常的案件，而且还是我渴望已久的无面尸案件！

文件比信晚了三天到达。我在文件的基础上，把黑暗的犯罪暴露在阳光下，并缀以推理的过程。在这之前，我先说明一下我和金田一耕助的关系。

昭和二十一年，即去年的秋末，一个意想不到的人来到乡下拜访我。

当时我身体不好，每日大部分时间都躺在床上。那天，我也懒在床上，一整天昏昏欲睡。家里人去田里挖红薯，只剩我一人。这时，有一个男人轻手轻脚地进来了。

我家是农舍，没有玄关那种高档的东西，取而代之的就是一块光秃秃的平地，用一扇齐腰高的拉门隔开。拉门非常重，开关不便，白天一般都开着。过了拉门是四叠半大的房间，里面就是六叠大的客厅。我经常躺在客厅里，因胸部有老毛病，且习惯了开放式的生活，不管何时，家门都大开着，所以来人一眼就能看见我躺在里面。

当时正值黄昏。我有些发烧，昏昏欲睡，觉得有人进来了，猛地翻了个身，慌忙坐起来。

站在门口的是个三十五六岁的矮小男人，大岛和服上面套着对襟外褂，下身是裤裙。他随意地把帽子戴在后脑上，左手拿着大衣，右手拄着藤手杖，是个哪里都看不出优点、怎么看都有些寒酸的青年。和服和外褂上也全是褶皱。

我们望着对方，愣了几秒钟，我才问他是谁。他嘿嘿一笑，把手杖和大衣放在一边，摘下帽子，慢慢地擦着脸上的汗珠，问我是不是这里的主人。他的态度实在不客气，我觉得讨厌，回答道："我就是，你是哪位？"对方又嘿嘿一笑，然后略带口吃地答道："我、我……"

后面报出的名字就是金田一耕助。

当时我是多么惊讶，又是多么狼狈，就不细说了。但是，我还是要说明一下金田一耕助这个名字对我来说有什么意义。

当时，我正在根据从村民那里听来的本阵一家的杀人案写小说，还在杂志上连载。那部小说，或者说那一案件的主人公，就是金田一耕助。我既未见过他，也未和他交谈过，当然也就不是征得他的同意后再写书，不过是以村里人说的故事为蓝本，加上自己的想象罢了。金田一耕助忽然来访，我的惊讶和狼狈也就可以理解了。我腋下冷汗直流，和他初次互相问候的时候也是口齿不清。

金田一耕助见我口齿不清还结巴，呵呵地笑了起来，然后告诉了我他来访的目的。

他刚刚从濑户内海的一座孤岛狱门岛回来，去那之前，曾造访了赞助人久保银造。听说有人把自己的事情写成小说，他非常吃惊，也看了小说。上岛前，他给杂志社写信，询问作者的住址，回来后接到杂志社的回信，因此要来“见一见有缘人”。

说完，他笑了起来。听到他的笑声，我心里的石头落了地。“见一见有缘人”，这种说法不仅丝毫感受不到恶意，还有一种亲切感。我一下子脸皮又厚起来，问他那篇小说怎么样。他呵呵笑着，说写得不错，把他写成了非常了不起的人，承蒙夸奖，但只有一点：“要是把我写成个美男子就好了。”他哈哈大笑，胡乱挠着鸟窝似的头发。就这样，我们之间的隔阂完全消除了。

金田一耕助在我家住了三晚，其间给我讲述了他最近经手的狱门岛事件。他也允许我把这个故事写成小说。也就是说，他承认我是他的传记作者了。

在他逗留的三天里，我们还就侦探小说做了广泛的讨论。当时我提及了无面尸。我还记得是这么对他说的：

从现在算起，大概二十年前，我在某本杂志上试图对侦探小说的诡计分类。现在那本杂志不在我手边，记得不是很清楚，只记得自己就一人分饰两角、密室杀人、无面尸等侦探小说里最常用到的诡计做了一些论述。之后的二十年里，侦探小说飞速进步，但刚才所举的三种诡计——说是诡计，不如说是主题——仍然占据着侦探小说的宝座，这点非常有趣。

可是，仔细分析这三种类型，就会发现相当大的不同。密室杀人和无面尸的诡计是先告知读者的。读者开卷后，马上就能注意到，啊，这是密室杀人，啊，这是无面尸。可是一人分饰两角则不是这样，诡计必须等到最后才揭晓。如果让读者看出这部小说是一人分饰两角，那作者就输了。（当然，所有侦探小说里，凶手看起来都像好人，也算是一种分饰两角，但和这里特指的一人分饰两角不同。）

在这种意义下，一人分饰两角与密室杀人、无面尸完全不同。甚至密室杀人和无面尸也大相径庭。在密室杀人的类型中，虽然明知道是密室杀人，但解决手段千差万别。或者说，在密室杀人这个主题下，如何用不同的方法来解决才是作者和读者的乐趣所在。

可是，无面尸类型不是这样。在侦探小说中如果出现没有脸的尸体，或是脸被砍得稀烂，或者脖子以上都被拧掉，或者是火灾中发现无法辨认的尸体，甚至是尸体失踪，碰到这样的情况，十有八九是被害者和加害者互换了。无面尸的诡计里，被当成被害者的 A 实际上不是被害者，而是凶手。而被认为是凶手的 B——B 当然看似去向不明——实际上是尸体，即被害者。即使有少数例外，迄今为止运用此种诡计的侦探小说，一般都是这样的套路。

“这不是很奇怪吗？”讨论得热火朝天时，我说道，“侦探小说要想有趣,最重要的一个条件是结局的意外性。可是无面尸这种诡计，所有小说都是凶手和被害者互换。就是说，如果用无面尸诡计，读者从案子的第一步就知道凶手是谁了。这对作者是非常不利的。可明知道不利，大多数作家还是要尝试一次这个主题。看来这个主题太有魅力了。”

“可是，为什么呢？”金田一耕助饶有兴味地问道，“侦探小说里出现无面尸，就一定是凶手和被害者互换吗？”

“是的。偶尔也有例外，但还是凶手和被害者互换这种模式更有意思。”

“嗯。”金田一耕助哼了一声，考虑了一会儿说道，“固定的模式比例外更有意思，这不是绝对的真理。只不过现今的小说是这样，今后可能会出现一部无面尸的侦探小说，凶手和被害者并不互换，却更有意思，这也不是没有可能。”

“说得倒也是。”我不由得脱口而出，“我也是这样想。金田一先生，你接触过的案件里，有比小说还奇特的现实吗？我好歹也算是个侦探小说作家，也想尝试这个主题，尤其想打破传统模式，最后的结果是凶手和被害者没有互换，让侦探小说迷们大吃一惊。”

我太兴奋了，说得唾沫横飞，金田一耕助笑呵呵地说道：“这个……我接触的案件里还没有。可是不要失望，世间有无穷无尽的事情，也存在各种各样想法的人。所以什么时候碰上您预订的这种故事也说不定。如果有，一定马上向您汇报。”

金田一耕助履行了这个诺言。

包裹寄到的时候，我是何等兴奋，阅读的过程中又是何等战栗，这些都不说了，否则长长的序言会让各位读者不耐烦的。

但是，请让我再说一句。所谓文件，像金田一耕助信里所说，有许多庞杂的记录。究竟如何整理这些文件，我很困惑。我想过像外国小说那样，按顺序原封不动地呈现，但恐怕对读者而言太纷繁复杂，所以还是决定写成小说的形式。如金田一耕助所说，我写得好不好，只能交给读者评价了。

一

发生这个案件的G町离东京市内的电车环线很远，在涩谷站下车后还要换乘私营铁路，是个偏僻的城镇，附近地势起伏不定，到处都是陡坡，按照老人们的说法，那里有九十九道坡。这多少有些夸张，总之坡很多。或许由于地形不好，虽是东京近郊，却发展缓慢，距今十五六年前还人烟稀少，保留着武藏野台地的原始面貌。

可是，从卢沟桥事件开始，那里迅速发生了变化，附近建起了军需工厂及转包工厂，G町一带也一派欣欣向荣。人们不断迁入，不久便填平了九十九道坡。G车站附近铺设了柏油马路，形成了被称为G町银座的商店街，怪模怪样的饮品店和咖啡馆到处都是。这样一来，在大煞风景的武藏野台地的基础上，出现了一个更加大煞风景、乱七八糟的城镇。

我不知道战争期间这个城镇变化如何。根据金田一耕助寄过来的报纸可以看出，虽然蒙受了战火，但还不至于崩溃，至少以车站为中心的G町银座一带留了下来。和免于战火的所有城镇一样，战后那里人口迅速膨胀，比战前还无秩序，呈现出一种战败后日本特有的繁荣混乱。

据我所知，所谓G町银座，是一段从车站向西延续三个路口的下坡。这一下坡也是九十九道坡之一，原先叫G坡。可是，如果从主干道往旁边的小巷、后街走，情况就大不一样了。

那里俗称G町的桃色迷宫或地狱小巷，狭窄昏暗，到了晚上，街道两侧都亮着红色和紫色的电灯，无论哪家门口都站着两三个浓妆艳抹的女人，整夜放着扰人的音乐，唱着淫词艳曲，然后一个个和男人上了二楼。

有趣的是，在那个桃色迷宫里，还留有许多武藏野台地的原貌。红灯下的酒馆旁边是从前农家的草房子，紫灯下的饭馆背后是古色古香的寺庙墓地，这更给那一带添上了复杂奇怪的色彩。那种情形到现在也没什么不同。下面要讲的这个案件，就发生在那个地方的一角。

那是昭和二十二年三月二十日凌晨零时左右。G坡驻在所的长谷川巡查正认真地在桃色迷宫巡逻。

战后对这种风月场所的管理非常随便，G町却不同。由于交通不便，夜晚治安不良，营业时间比战前缩短了不少。以前，零点是漫漫长夜的开始，但现在各家店已经熄灯就寝了。

这晚，长谷川沿着北侧俗称后坡的后街，慢悠悠地往下坡走。后坡蜿蜿蜒蜒，附近还有浓烈的武藏野台地的余韵，这里有个寺庙，那里有个墓地，而且后坡北面有一大片房屋被烧毁，相当凄清。长谷川沿着这条黑暗、凄清的后坡走着，忽然停住脚步，向下坡看去。下坡俄而变陡，向前延伸约十八米后再度变缓。那里是一个十字路口，从路口左转，就能到达G町银座的主干道。长谷川正在观察十字路口东南角的一家后院，那里不仅灯光时隐时现，侧耳倾听还能听到挖土的声音，他不由得心中一紧。

长谷川对这一带很熟，知道那家的情况。那家叫“黑猫”，是晚上亮紫灯的几家酒馆之一。他想起那家店的老板一周前把店卖了就搬走了。盘下店的新老板正在装修，还没有搬过来。到了晚上，那就是座空房子。

想到这儿，长谷川心生疑惑，蹑手蹑脚地走下坡，悄悄靠近酒馆后面的木门，然后缩起身子（因为木门所在位置比斜坡低），从木门的缝隙向里窥探。他的不安愈来愈深。

院子不大，约有十坪。酒馆的后面是古老的日莲宗寺庙莲华院，寺庙所在地比酒馆高出一块，所以酒馆的院子后部实际上被高高的岩崖遮住了。院子是不规则的直角三角形，忽明忽暗的灯光就来自三角形最深处的角落。

长谷川的眼睛逐渐适应了黑暗，发现灯光是挂在岩崖树木上的提灯发出来的。对面有个人正在拼命地挖土，因为背着光，看不清面容，和服下摆好像卷着。那人把铲子插进土里，单脚踩下去，然后把土掘开。长谷川不知那人为什么要在这里挖洞，只能看着他旁若无人地挥汗如雨。

挖土的声音传来，一股未知的恐怖弥漫在周围的黑暗里。

“啊！”

忽然，那人低声叫了出来，然后扔下铲子，像狗一样趴在地上，双手啪啪地挖着土。伴随着挖土的声音，还传来剧烈的喘息声，可以看出那人相当兴奋。

“啊呀！”

那人忽然惨叫一声，像被弹开似的从坑旁边跳开。他虽然跳开，却仍然蹲着，向坑内观察。夜色中也能分辨出他在发抖。长谷川马上急速地敲门。

“开门！开门！”长谷川大声叫喊，同时发现翻墙更快，于是朝坡上退回两三步，助跑后顺利跳上围墙。向里望去，那人缩成一团，看着这边，没有要跑的意思。长谷川跳下来，问道：“怎么了？干什么呢？”

长谷川跑到近前，对方忽然害怕似的后退着转到大坑另一侧。长谷川把提灯和随身携带的手电筒照向对方，立刻认出是岩崖上的莲华院的年轻僧人，名叫日兆。

“啊，是你？到底在这儿干什么？”

日兆好像不打算回答，脸上的肌肉不停颤动，话也说不清楚。“那，那个……”

长谷川打算再问一遍，瞄了一眼脚下的大坑，不由得啊地大叫一声，向后退去。他以为自己看错了，拿手电筒重新照向坑里。只见里面横躺着一具被土掩埋一半的女尸，应该是日兆挖出来的。尸体腰部以下还埋在土里，但他马上就判断出是女的。尸体浑身赤裸，仰面朝上，被挖出来的上半身虽然满是泥土，但从乳房就可以看出绝不是男的。长谷川把手电筒的光圈照向脸部。

“……”

他想惨叫，却不成声音，几乎把手电筒都握碎了。

一下，两下，待呼吸平复后，长谷川条件反射地转头看向日兆，看到日兆拿着一块湿毛巾。长谷川又把目光落回尸体的脸，再一次握紧了手电筒。日兆在院子一角的水池里弄湿毛巾，肯定是想擦去尸体脸上的泥土。他也想早一点儿知道死者到底是谁，可是这能认出来吗？

那已经称不上是脸了，勉强可以说是脸的废墟，皮肉已经完全腐烂，干缩的嘴唇下面露出了白骨，眼睛和鼻子也不见了。曾经是眼睛和鼻子的地方如今开着空洞，周围剩下的几片肉质的东西已硬化成灰色。头部还留着些许皮肤，仅有的头发被水弄湿，黏糊糊地粘在废墟上，短得分不出男女。

让这可怕的景象更加可怕的，是废墟上覆盖着一层不计其数的白色小虫。小虫一刻不停地蠕动着，在手电筒的光芒下，整张脸看起来都在晃动……

长谷川简直要吐了，急忙把手电筒的光圈从那恶心的东西挪到日兆身上，连声问道："怎、怎么回事？这尸体究竟是谁？你为什么在这里挖？"

日兆好像想说什么，动了下嘴唇，但脸上的肌肉依旧颤抖个不停，话还是说不清楚。他生着一张丑陋的扁脸，像被挤压般扭曲着，两根青黑色的粗血管像蚯蚓一样蜿蜒在额头上，异常恐怖。他的眼睛布满血丝，但放射出光芒，如同发狂一般。长谷川觉得，坑里的尸体只不过是尸体，日兆的脸上却有更可怕的东西，不由得把视线挪开了。

二

这就是昭和二十二年三月二十日零时发生的事。然后就到了调查阶段。但由于事发深夜，等警方到达现场的时候，已经快破晓了。其中有个姓村井的老练刑警（以下我以此人为中心叙述），第一个到达现场，调查了附近的地形。在金田一耕助寄来的文件里，有一幅村井当时绘制的示意图，还附有说明文字。根据这幅图，黑猫酒馆附近应该是这样的：

前面提到的莲华院以前规模相当大，从主干道一直延伸到后坡，即山门面向热闹的G町银座，背后则是酒馆所在的后坡。后坡一带被颇有武藏野台地特色的杂树林围住，是一片荒芜的墓地。另外，这一带东高西低，莲华院的西侧，即酒馆后侧，有一段很大的高度差，岩崖甚至延伸到连接主干道和后坡的南北方向的街道旁。因此，酒馆的东面和南面都是岩崖，没有邻居，并且后坡对面的西北方向是大片的荒地。酒馆是这附近唯一的房子，简直是最适合犯罪的场所。

村井查看完这些，进入了黑猫酒馆的后院。尸检已经结束，尸

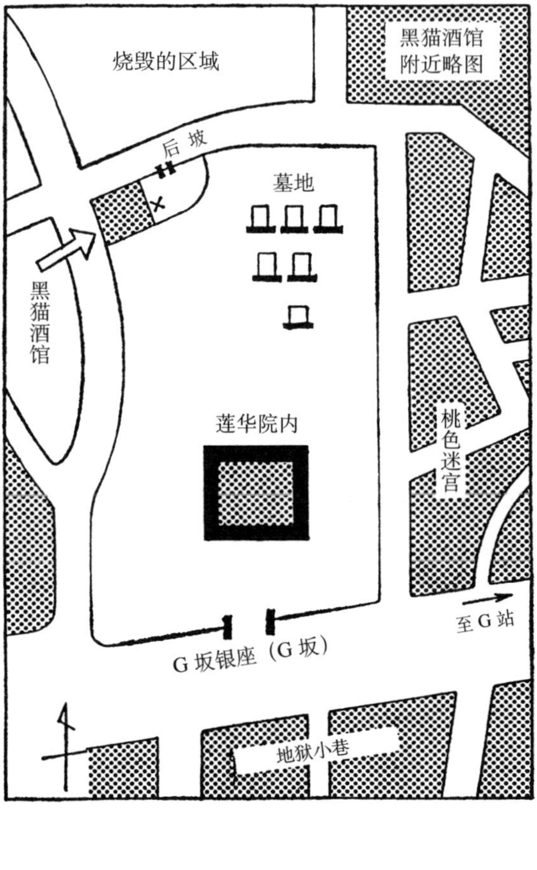

黑猫酒馆
附近略图
烧毁的区域
后坡
墓地
黑猫酒馆
莲华院内
桃色迷宫
至G站
G坂银座（G坂）
地狱小巷

体已被运走解剖，年轻的刑警正在司法主任的指挥下认真地在院子各处挖掘。村井走近司法主任。

“尸检结果怎么样？死了有多长时间？”

“大概三周。当然，没有解剖结果就不知道确切的时间……”

“今天是二十号，三周也就是上个月末，或这个月初。”

“应该是这样。”

“就是说，尸体一直被埋在这里，好像谁都没有注意到。听附近的人说，上一个老板是一周前搬走的。除了老板夫妇，还有三个陪酒女，我想她们不可能都是共犯，可怎么没人注意到呢？埋尸体的坑可不是三两下能挖出来的，需要很大一块地方，应该会留下挖掘的痕迹。”

“但凶手想得挺周全。你看,凶手用这些落叶来掩盖挖坑的痕迹。”

“这样啊。”

村井点点头，看了看头顶上方，莲华院的杂树林郁郁葱葱，遮住了黑猫酒馆狭窄的院子。

“那么，死因是什么？是他杀吧？”

“当然是他杀，从脑后重击。你看，那是凶器，刚才和尸体一起挖出来的。”

司法主任指了指脚下的席子。刚才用来盖尸体的席子上面摆着一把沾满土的斧子。这是把在郊外的家庭随处可见的小斧子，的确是合适的凶器。村井看了看斧刃和斧柄上的污痕，皱了皱眉，又望向旁边。

“这头发……哎呀，是假发啊。这是怎么回事？”

“也是从坑里挖出来的。被害者看来戴了假发。最近女人都剪短发，要扎头发的时候，需要那种假发。”

“那么被害者是个戴假发的女人。其他的还有什么？可以了解身份的东西……”

“什么都没有，浑身上下溜光，是个二十五岁到三十岁的女人——只知道这些。但如果把从上月末到本月初附近失踪的女人都查一遍，应该能找到。”司法主任轻描淡写地说道，但后来才知道，这是一项多么艰巨的工作。

“对了，那个日兆和尚怎么知道这里有尸体？”

“那个呀，那个人还很激动，不能问话。但听昨晚巡逻的长谷川说是这么回事。两三天前，那家伙从岩崖上走过的时候，听到院子里有刷刷的声音。一瞧，有只狗在刨落叶，忽然有个人脚模样的东西从落叶堆里露了出来。当时他没勇气下来看，可是一直憋在心里，憋得难受，想忘还忘不了，甚至连做梦都能看见。昨天晚上他终于下定决心来一探虚实。就是这么回事。你看岩崖那里有人滑下来的痕迹，他是从那里扛着铲子下来的。真是个怪人。要是那么在意，叫警察就行了，但他又不敢，因为不敢肯定是不是真的人脚。不管怎么说都很奇怪，你去看看他吧，我觉得他有点儿精神不正常。还有……嗯？怎么了？发现什么了？”

在岩崖下挖掘的刑警发出了奇怪的声音，司法主任马上跑过去，村井也跟在后面。

“是猫。请看，这里埋着黑猫的尸体。”

“黑猫？”

司法主任和村井吃惊地看着挖开的坑。果然，在满是落叶的土壤里，露出一只纯黑的猫的半截尸体。

“应该是猫死后埋的，就这样埋了吧。”

“不，顺便挖出来吧。”

听司法主任这么说，年轻的刑警继续开挖。

“猫？”旁边的木门处传来长谷川的声音。他看了一眼坑里。“啊，是小黑。”

“小黑？你认识这只猫吗？”

“认识，是这里的吉祥物。店名叫黑猫，所以也养了一只黑猫。什么时候死的呢……啊！”

围在坑旁边的人一齐叫了出来，变了脸色。挖土的年轻刑警用铲子前端铲起猫的尸体，猫脖子晃了一下，眼看就要和身体分家了。它的喉咙被割断，脖子上只剩皮和身体连着。

“真过分！”连村井也皱着眉，捂住眼睛。

“嗯。”司法主任低吟一声，“把尸体保存好，也许和这个案子有什么联系。”他转向长谷川。“你知道这猫是什么时候不见的吗？”

“没注意过……啊，对了，五六天前还在。上个老板搬走后，这里就成了空房子，那之后我还看见过黑猫在里面转悠。”

“五六天前？”司法主任瞪着眼睛，“别说瞎话，你看看这猫，具体日子不好说，但少说也死了十天到二十天了。”

“可我确实在这儿看见过猫。怪了。是啊，这都臭了。”

长谷川摘下帽子挠挠头，困惑地歪着脖子。司法主任和木村不由得面面相觑，一种恐怖的奇怪感觉掠过二人的胸口。一瞬间，谁都没有说话，但挖出猫的年轻刑警忽然把铲子一扔，向后跳去。

“怎，怎么了？发生什么了？”

“对、对、对面有黑猫……”

“啊？”

人类的情绪真是奇怪。平时不管是黑猫还是白猫，没有人会为一只猫感到惊讶。但这时，大家的的确确是吓得跳了起来。果然如年轻刑警所说，莲华院的岩崖上有一只纯黑的猫，黄铜色的眼睛闪闪发亮，一动不动地看着这边，柔顺的黑色毛皮在枯草中露出异样的光泽。

“小黑，小黑。”

村井试着叫它，枯草中的黑猫亲近地叫了一声“喵”。

“来，来，小黑，小黑。”村井用肉麻的声音叫道。

“喵——”黑猫撒娇似的叫着，慢吞吞地从岩崖上下来，略有敌意地抬头看了一眼众人，自顾自地从侧门进屋去了。

“什么啊，不是有两只猫吗？长谷川，你最近看到的是这只吧。”

“也许是。这也太像了……”

“嗯，都是黑猫，不好区分，而且大小也相同……就是说上只猫死了，从哪里又抱来只替代品。”

“可能是这样。我又不能连猫的户籍都去调查，没注意到。”长谷川幽默地说道。

司法主任苦笑着说：“对了，说到户籍，你带户籍簿来了吗？”

“啊，带来了。我顺便去了街道委员会的办公室，把能查到的都查了。”

“好，那咱们去屋里说吧。村井，你调查下房子里面。凶案一定是在这座房子里发生的，肯定会留下痕迹。”司法主任带着长谷川，从侧门进了屋。

干这种买卖的，哪里的布局都一样，黑猫酒馆也是如此。从侧门进去，左边紧挨着一个六叠大的房间。那是老板夫妇的起居室，楼下的房间里只有这间铺着榻榻米。做生意的酒馆和起居室之间是厨房。司法主任和长谷川穿过厨房，来到了前面的玄关。

前面讲过，新老板正在装修这家店，时间还早，木匠、工人都还没来。玄关里到处放着切割了一半的木板，木屑也到处都是。司法主任来到玄关一角的桌子旁边，拉了一把椅子坐下。

“你也坐吧。”等到长谷川坐下，司法主任看着他，催促道，“那就开始说吧。”

三

“一周前，确切地说是到本月十四号，这里还住着男女三人，是老板夫妇和一个陪酒女。另有两个陪酒女不住在这里。”长谷川拿着户籍簿和街道委员会办公室的账簿复印件，一边看一边说。情况大致如下：

老板夫妇是糸岛大伍和阿繁，按照户籍簿记载，大伍四十二岁，阿繁二十九岁。他们在昭和二十一年七月，即去年夏天盘下了这家店。根据街道委员会的买卖证明，大伍之前住在中野，阿繁住在横滨。再之前，二人都在中国。

“哦？原来二人是战后回国的啊。”

“是的。这是阿君说的。阿君是住在这儿的姑娘。”

糸岛大伍长相很稳重，不像干这号买卖的人。他略微有些胖，红脸膛，总是笑呵呵的，没有什么棱角，言谈举止很温和。从调酒到下厨，从采购到入账，都由他一个人完成。

妻子阿繁，也就是黑猫酒馆的老板娘，在户籍簿和街道委员会的名簿上登记的是二十九岁，但看起来要老一些，也许是因为发型显老。

“因为长时间住在外国，回来后就想这么穿。”

她经常梳着银杏卷的发型，衣服的颜色也素雅质朴。她长着鹅蛋脸，是个身材瘦削、姿态优美的女人，五官也很纤细，眼鼻之间恰到好处。但可能过于标准了，反而不美，有一种浅薄之感。不过在这一带，还没有能和她相比的女人，所以酒馆的客人多半是冲她来的。

在酒馆工作的还有刚才提到的阿君，以及加代子、珠江两人。阿君刚十七岁，尚不成熟，是个只会往脸上涂粉的乡下妞。虽然在店里工作，但老板娘不让客人碰她。与其说是陪酒女，不如说拿她当女佣使唤。

加代子自称二十三岁，珠江自称二十二岁，但都不能保证是真实年龄。两人的浓妆不分高下，又都穿西式服装。珠江是个胖子，看她就知道日本没有饥荒。加代子则瘦骨伶仃，自认为身材绝佳。

“以上五人一周前还在酒馆。”

“我明白了。知道他们现在在哪儿吗？”

“嗯，我想马上就能弄清楚。糸岛夫妇和阿君开了迁出证明，加代子和珠江说等这里装修好了还要来工作。”

“就是说这四个女人里面，没有人是那具尸体喽。”

长谷川不禁瞪大了眼睛，看着司法主任，好像是做梦也没想到这种可能。“恕我失礼。这是我说明不到位。糸岛夫妇搬走之后，我还见过阿君、加代子和珠江。加代子和珠江是十四号，就是关张那天见的。我在路上偶然碰见，还问她们是不是不做买卖了。她们回答等装修好了再回来上班，说新老板让我一定赏脸等等。见到阿君是在前天，在街道委员会办公室见到的。阿君来办迁出证明，说是要去目黑的姑姑那里。”

“那老板娘阿繁呢？”

“老板娘？老板娘嘛……哎，警部，那人是上个月末或这个月初被杀的吧？从那时起，直到这家店关门的十四号，老板娘没露过面的话，好像有点儿……啊，对了对了，后来我也见过老板娘。是的，十四号的晚上。您也知道，我所在的驻在所就在小巷口那儿。我正站在驻在所门口，糸岛大伍和老板娘一起匆匆忙忙从我面前走过。我以为他们是搬好家走人，肯定是十四号。”

“这样啊。那尸体就不是黑猫酒馆里的人了。那么，糸岛夫妇搬到哪儿去了？”

“是挺远的地方……是神户。”

“神户……”司法主任默默思考片刻，忽然身体向前一探，“最后一个问题，长谷川，这是最重要的问题：糸岛夫妇转让这家店的理由是什么？附近对这件事怎么看？”

“这个啊，大家都觉得不可思议。这种买卖其实有很多见不得人的地方，没有表面看起来那么轻松。但黑猫酒馆的生意一直不错。所以忽然听说转让店铺，不光附近的人，连加代子和珠江也很吃惊。可是，阿君说——只有阿君和他们住在一起，所以知道得比较多——在街道委员会的办公室碰见她时，她跟我说过。”

糸岛夫妇都是从中国回来的。阿君也不知道他们具体在哪儿，只知道在华北腹地。战败后，日本人全部被遣送回来，夫妇二人就到了天津。不知是中途还是乘船的时候失散了，总之夫妇二人不是一起回到日本的。阿繁早回来了半年。

对于一个孑然一身又一无所有，而且长期住在国外、在国内没有熟人的女人来说，只有一种地方可以供她们落脚。阿繁进了横滨的舞厅。她眼光不错，手腕又高明，马上就钓到一个男人。那人是横滨的房地产商，有的是钱。阿繁当了那人的二房或者三房，总算有了归宿。可是这时，丈夫糸岛大伍也回国了。后来的故事阿君也不清楚，反正阿繁离开了房地产商，用分手费买下了黑猫酒馆。

“可是，虽然拿了分手费，阿繁和房地产商并没有彻底断掉，直到最近还经常见面。她丈夫也知道这事，夫妻之间经常生闷气。但丈夫在妻子面前抬不起头来，毕竟靠着妻子，一个身无分文的回国的人才能勉强吃上饭。而且丈夫也有个情人。”

“哦？还有这档子事，女方是谁？”

“也是从中国回来的。刚才说过，大伍比妻子晚回来，是当时在船上认识那个女人的。在他找到阿繁之前，两个人还住在一起。不仅如此，他和阿繁重归于好后，二人还经常见呢。”

“这都是阿君说的？”

“是的。”

“她怎么知道得这么详细？”

“是老板娘告诉她的。老板娘让她当间谍，跟踪自己的丈夫，她亲眼看到过糸岛去见那个女人。”

“就是说，老板娘也知道那个女人的存在。阿君跟踪老板那一段，能说得再详细些吗？”

“好。阿君讲的时候也很得意，我记得很清楚。大致是这样的。”

最近酒和食材都供应不足，黑猫酒馆也经常歇业，一歇业，老板娘肯定要一个人出去。不用说，是去见房地产商了。留下来的糸岛心里清楚，总是非常不痛快。他平日从不说脏话，但一到这个时候就喝酒，冲阿君发脾气。老板娘回来后，两人也经常冷战。可最近他忽然变了，妻子一出去，自己也偷偷出去。阿君觉得很奇怪，就向老板娘打小报告，阿繁这才恍然大悟，于是跟阿君说，如果老板再出去，就跟在他后面。

“因此阿君才跟踪糸岛。”

“那么她肯定看到老板的情人了。是个什么样的女人？”

“二十四五岁，非常时髦，短发，口红很艳，乍一看像是个跳舞的。糸岛和那人在新宿站见面，然后去了井之头，进了一所奇怪的房子。阿君跟踪到那里，回去向老板娘报告。老板娘说那人肯定是日华舞厅的鲇子，是和糸岛一起从中国回来的，还说‘混账！竟然还没分开’。当晚她就和丈夫大吵一架。不仅如此，从那以后，两人的关系一直不好，争吵不断。但近来老板娘不断地反省，每天都在念叨，说想早点儿结束这样的日子，穷点儿也没关系，夫妻二人能一起生活就行。在东京各有从前的牵挂，夫妻关系肯定完蛋，干脆搬到远方去。因此，老板娘说完没几天，老板就忽然说要关张时，阿君也没有太吃惊。”

司法主任沉默了好一会儿，在头脑中整理刚才的话。这种故事不新鲜，在这个社会里随处可见。可他还是觉得其中有什么未知的冰冷的东西，让人强烈地觉得浮在表面的事实下有一种异样的黑暗。

“那个女人，糸岛的情妇鲇子，在日华舞厅工作过？那老板娘的情夫呢？”

“是横滨的房地产商，风间组的老大，叫风间俊六。”

司法主任把名字记在笔记本上。“差不多把这里的人都弄清楚了。

那么，日兆这个人是怎么回事？精神不正常吧？”

“不是精神不正常，他是出了名的怪人，但对师父很好。莲华院是这一带的财主，不仅这个房子，这附近都是莲华院的地产。以前有很多和尚，但全都被抓去当兵，要么被打死，要么还没复员，现在寺里只剩下师父日昭和日兆两个人。日兆还年轻,应该是二十六岁。这个年纪本来是要被抓去当兵的，但他小时候得过小儿麻痹，一只脚有些跛，因此逃过一劫。师父日昭战前就中风了，一直卧床不起。给信徒做法事念经等事就不用说了，从刷洗到做饭，甚至收房租，都是日兆在做。他是个沉默寡言的人，无论去哪儿，别说闲聊，连必要的话都不愿意说。但正因为如此，反而没什么差错。毕竟是这个地段，房租都是向那些脸上涂满了粉的女人去收。那些女人有的还半开玩笑地对他动手动脚，可他从来不为所动。所以他虽然古怪，倒也适合在这一带生活，有时候干出些奇怪举动，但就是那样一个人。”

这时木匠和工人们来了。听到大门被推开的声音，司法主任站了起来，命令工人们到后面去，自己也穿过走廊来到后面。

“啊，警部，稍等……”村井从六叠大的房间探出头来。

“村井，发现什么了？”

司法主任脱了鞋走进屋，村井默默地掀起墙边的薄席子。司法主任一看，不由得吞了一口唾沫。薄席子盖着的榻榻米上清晰地留着把血擦干的痕迹。

“看来是在这里行凶的啊。”

村井点点头，然后指着外廊内侧壁橱前面的榻榻米说道：“请看，这块榻榻米上有柜子的痕迹。可是，壁橱前面是不会放柜子的。这块榻榻米最近应该和这一块调换了位置，沾血的榻榻米原先是在壁橱前面的。还有……请看。”

壁橱的门把手下贴着一张报纸。

“刚才花了不少工夫才撕下来这一块。”村井轻轻捏着报纸下方翻起来。那里沾着一块血沫，好像是用力甩上去的。“这是我的想象：在这个房间里，被害者和凶手搏斗过。被害者想逃到院子里，结果被一斧子击中后脑。请看这张报纸，是二月二十七号的报纸。所以案件至少发生在二月二十七号后。凶手不会让拉门上的血暴露太长时间，会随手拿张报纸遮住，所以案发就在二十七号后的几天内。可能是当日的报纸，或前一天的报纸，杀人就发生在二十七号或二十八号，最晚也不过三月一号到三号间。”

“嗯，这和尸体的腐烂程度一致。可是，村井，如果是这样，糸岛夫妇杀了人后，还和血迹一起生活了两周。”

这对夫妇的冷血简直难以形容。司法主任想到这里，不禁起了一身鸡皮疙瘩。

四

司法主任接着询问了木匠和工人，但这些人什么都不知道。糸岛夫妇离开黑猫酒馆是十四号晚上，他们从第二天起到这里干活儿，到今天是第六天，其间没有特别奇怪的事，也没有觉得奇怪的地方。对于被杀的女子，也没有人认识。这是他们的陈述，应该是可以相信的。

在他们接受调查时赶来的新老板池内省藏，也不能提供什么值得参考的信息。

池内在涩谷从事同样的买卖，他买下这家店，是在报纸上看到了广告。广告刊登在三月七号的Y报上，他随后开始协商，三月十二日成交。报纸马上就得到确认，池内所言不虚。

“那你以前从没见过糸岛？”

“没见过，是看了报纸后去商谈时才第一次见。”

“和你商谈的是老板还是老板娘？”

“是老板，我都没见过老板娘。”

商谈开始后，池内到附近问了问这家店的评价，都说老板娘是个美女，就想看一看。不巧老板娘生病了，就没看成。后来敲定后，老板带着池内到家里看了看，当时老板娘在卧室里，也没有看到面容。听到这儿，司法主任心中暗想，也许老板娘因为恐怖和不安而无法平静。但他怎么也没想到，事实背后隐藏着恐怖的秘密。

这点暂且不表。警方从池内口中得知了加代子和珠江的住所，下午就派去了两个警察。同时，住在目黑姑姑家的阿君也被列为讯问对象。综合三个人的说法，情况大致如下。

她们十三号从老板糸岛大伍处得知店要被卖掉。此前池内就经常来，她们大概也猜得出，因此得知此事时并不那么吃惊。大伍马上叫来了旧货店的老板，把值钱的东西都卖了。当天和第二天，旧货店的人搬走了卖掉的东西。加代子、珠江和阿君三人十四号下午向老板告别，此后再没见过，也没有音讯。

“你们没向老板娘告别吗？”

司法主任不经意地问道。三人面面相觑，磨蹭了一会儿，加代子忽然说道：“这点我们现在还觉得奇怪。老板娘从这个月初就病了，一直在里面的起居室里，一次都没见过。当时觉得挺奇怪，但也没太在意。现在回过头来想想，我们三个人这月都没见过老板娘。休息的时候我们想去看看，都被老板挡了回去……”

司法主任听到这里，不禁感到一阵不安。不安的理由说不清楚，但阴谋似乎就藏在暗处，随时都可能出现。

“可老板娘确实还在，对吧？”

“是的，还在。我们虽然没有看到脸，但是常常看到她去厕所的背影。经过起居室门前时，还经常看到她背对着我们看书。”

“老板娘的病是怎么回事？那么重的病，没叫医生吗？”

“不，说是病，其实也不算病。听老板说，因为用了不好的化妆品，整张脸像鬼一样，因此谁都不想见。老板娘经常化妆，去年也有过一次这样的情况，这次更加严重。”

司法主任又感到异样的不安。“你们是从什么时候开始没见到老板娘的？不记得确切的日子吗？”

阿君的回答如下：上个月二十八号，就是二月的最后一天，临时停业。她那天上午请了假，到目黑的姑姑家玩，住了一晚上就回来了。然后老板说老板娘生病了在休息，不要到起居室打扰她。从那以后，阿君就没见过老板娘。

阿君所说和村井的推理完全一致。杀人案发生在二月二十八号。因为临时停业，加代子和珠江也休息。阿君离开后，就发生了恐怖的事情。

司法主任这时话锋一转，说起了猫的事，说后院的岩崖下方挖出了猫的尸体。三人闻言，吓了一跳似的看着彼此，最后还是加代子说道：“这么说来我有印象。那只猫是去年来的，非常听话。可是这个月初，有两三天它非常怕人，总往桌子底下钻。老板还把它在柱子上拴了三天，当时我问为什么，老板说猫正在发情。”

“对，我也想起来了。”胖子珠江接着说道，“当时我觉得小黑好像忽然变小了，还对老板说过。老板笑着说因为发情不吃饭，所以瘦了，恋爱让猫也身心俱疲。现在想想，老板在说谎。那只猫不是从前的小黑。”

“就是说，老板没有告诉我们换了一只猫。”

阿君说完，众人一瞬间陷入了沉默。一股恐惧萦绕在女人们心中，使她们连嘴唇都变得冰冷。

司法主任终于要触及那个重大问题，他是这样开口的："你们一定听说了这次的案件。我想听听你们的意见，你们觉得那具尸体是谁？我认为杀人案多半发生在二月二十八号，把这点考虑进去，你们能想到什么？"

三个女人听他这么说，胆怯地互相交换着眼色。不久，阿君战战兢兢地打破了沉默。"那个……或许是，那个……鲇子。鲇子是……"

"我知道鲇子，是老板的情人。你为什么认为是鲇子？"

"因为老板娘痛恨她，而且……"

"而且？还有其他理由吗？"

"是的，那个，我，刚想起来……是的，是一号那天，休息日的第二天……那天早上，我从姑姑家回来，开始扫除，结果在角落的桌子底下……你看，桌子底下有个小架子，可以放东西。我从架子上找到一把时髦的女式遮阳伞，不是老板娘的，也不是加代子和珠江的。我想可能是谁忘在这里的，但马上想起来，我见过那把伞，肯定是鲇子的。我只见过一次她和老板并肩走路，她那时拿着的就是那把伞。"

司法主任猛地探身向前。"嗯，鲇子在大家都不在的时候来了。你是怎么处理那把伞的？"

"我……发觉是鲇子的东西后，非常害怕，就放回去了。如果把这事对老板说了，他肯定知道我在跟踪他。如果传到老板娘耳朵里，又要大吵一架。我就装作不知道，然后……"

"然后？"

"因为很快有别的事，我出去了一趟。回来后，遮阳伞就不见了。"

“那你的想法是这样的吧？二十八号鲇子来了，然后被老板娘杀了……”

“啊，说起来我也想起一件事。”珠江插嘴道，她显得非常激动，“就是一号，休息日的第二天。我有点儿事到后院去，发现地上有挖过土的痕迹。我随口问老板谁在那儿挖土，老板说什么想种点儿蔬菜，但阳光太强就放弃了。”她几乎要哭出来了。“就是说，当时我脚下就埋着尸体啊！”说着，她毛骨悚然地看着脚下。

“按你的说法，老板承认是他自己挖的坑？”

珠江脸色苍白地点点头，然后又加上了一句自己的意见：“杀鲇子的也许是老板娘，但埋尸体的是老板，肯定是这么回事……鲇子是老板的情人不假，可对老板来说真正重要的还是老板娘。为了包庇老板娘，他就把尸体埋了。”

但是，关于关键人物鲇子，加代子和珠江都不太清楚。听阿君说，老板娘虽然经常嫉妒，但从未见过鲇子。只有阿君见过一次，那是在一月末。但她也只知道鲇子这个名字，其他的事一无所知，只听老板娘说过，鲇子是和老板一起从中国回来的，在日华舞厅做过舞女。

“那个人，现在也还在某个地方做舞女，一定是……就是那个样子，穿着非常漂亮的洋装……容貌嘛，有老板在，我无法太靠近看，但很漂亮……对了，嘴唇右下方有一颗挺大的痣，我不知道是真的还是点上去的。”

最后，司法主任询问了老板和老板娘的人际关系，三人是这样回答的：

老板这个人经常笑呵呵的，是个温和的人，但也有可怕的地方。老板娘一直都很怕丈夫，她后来一直见那个房地产商，好像也是老板的主意，想从房地产商那里弄些钱。但是老板娘好像很喜欢那个房地产商。所以老板虽是主动让妻子出去的，但也十分不高兴。最近老板搭上了鲇子，老板娘前脚刚走，老板后脚也出去。这下轮到老板娘经常当面骂老板。怎么说都是一对恶心的夫妇。

司法主任讯问时，村井在房间一角坐着，始终一言不发，侧耳倾听，从未想要开口。女人们回去后，他也沉默不语，像尊佛像一样出神地思考。司法主任也很长时间没有说话，重新阅读刚才的笔记。不一会儿，他向村井说道："总之，关键在于鲇子。不管那个女人是不是被害者——十有八九就是，我们都要彻查她。"

村井默默点头。

"这应该不难办。她曾经在日华舞厅干过，就从那里开始找。"

村井依旧默默地点头，然后徐徐说道："还有风间这个人，有必要好好调查一次。"

"嗯，他毕竟是阿繁的金主。房地产界的大佬可不好对付，你要办仔细了。我先去通缉糸岛夫妇。神户什么的，肯定是假话。可是真不好办，要是有张照片就好了……"

因为是刚从国外回来的夫妇，也没有照片。后来才知道，这对整个案件具有重大的意义。

村井又沉默了一会儿，终于下定决心开口说道："警部，还有一个地方我觉得不可思议。老板娘阿繁为什么要处心积虑地藏起来呢？生病可以理解，杀人后，因为良心的呵责和恐惧，也许会一病不起。但两周相当长，这期间三人都没有见到她，究竟为什么？为什么这样处心积虑……"

"嗯，我也觉得奇怪。或许她杀鲇子的时候自己也受了伤？比如脸上……”

村井点点头。“也许如此，这也是一种解释。可是……”

“可是？”

村井没有说下去，忽然换了一句话：“还有一件不可思议的事，就是黑猫。那只猫为什么被杀了？”

“那有什么，肯定是杀人的时候把猫也弄伤了，怕被三个女人怀疑，就杀了。证据是房间里的血痕，人血里好像还混着猫血。”

村井还想说什么，但再次转换了话题。“无论如何，还是先了解鲇子这个女人再说。我先走了。”

他拿起帽子站了起来，走出屋子。

五

从那时起到三月二十六日，即发现了恐怖的事实、案件发生重大转折那天，警方一直处于一种混沌状态。对村井而言，那是一个剪不断理还乱的摸索过程。但在混沌时期，警方搜集的信息中包含了许多重大的意义。我们先来谈一谈这些信息。

日华舞厅还记得鲇子。但鲇子在那里只工作了极短一段时间，而且其间还经常休息。没有人知道她的详细情况，但知道她的姓。桑野鲇子是她在舞厅用的名字，当然没人知道是不是真名。

经理说，鲇子是去年五月到六月间在舞厅工作了一个月。她没有介绍人，是看了招聘舞女的广告后来的。面试后发现她跳得不错，马上就录用了。她的衣服都是自己准备，从不给舞厅添麻烦，也就没有去调查她的身份。倒是听谁说过她刚从中国回来，这一点舞厅里的人都知道。

“是的，身高大约一米五六……样子嘛，这可不好形容。是个美女，话不多，反而因此惹人注目。啊，对了，性格很开朗，打扮得也很时髦。

痣？有的有的，是点上去的，倒是很配她……毕竟只在这里待了一个月，还经常休息，只记得这么多了……”

经理还找来一个知道得比较清楚的舞女。“鲇子？啊，我记得。她有个男友。经理可能不知道，那人经常来后门接她。那人有些年纪了，我记得挺清楚的。嗯，四十岁左右，有点儿发胖，红脸膛，总是笑呵呵的。好像在从中国回来的船上很照顾鲇子……我听鲇子这么说过。她就说过这么多，我也不知道她现在在哪儿。”

另一个舞女知道些其他情况。“我最近见过鲇子。说是最近，也得两个月以前了吧。是正月，在日本剧场前面偶然碰见的。当时她和一个男的在一起……嗯，是的，就是总来后门接她的那个人。我们没怎么说话，听说她好像在浅草那边。她肯定不姓桑野，鲇子可能也是假名，因为她曾经给我看过一个从中国带回来的旅行箱，上面印着C·O两个首字母。”

总之，在日华舞厅收获的信息只有鲇子和糸岛经常见面，以及鲇子本名的首字母是C·O，但村井非常满意。特别是能找到真名的线索，就好办多了。然后，他去了横滨。

“土木建筑业,风间组事务所”。在这块招牌下面租来的办公室中，村井初次见到风间俊六。此人的样子和想象中完全不同。“房地产界大佬”这种先入为主的观念很容易让人觉得他是个一把年纪、脑满肠肥的人。见面后才发现，此人四十岁上下，光头，还留着一些书生气。村井也稍觉意外。

但说起话来就完全不一样了。此人老成持重的口吻中有一种威严，周身上下带着冷冷的锐气，但又霸气内敛。

村井更为惊讶的是他已经知道G町发生的案件。他极其平淡地说道："阿君给我打过电话了，我想可能马上就会有警察来，就在这儿等着了。"

"啊，是这样……既然你知道了，我就直说吧。你有什么感想？"

"感想？嗯，刚接到阿君电话的时候确实吃惊。但那也是一时的，静下来好好想想，反而觉得不足为奇。"

"你是有发生凶案的预感吗？"

"不，不是这个意思。我这么说，是因为这个世道。而且他们……黑猫酒馆的那种买卖，发生什么血案也不足为奇。"

"你去过那里吗？"

"没有，我连G町在哪儿都不知道。总不能在人家丈夫面前大摇大摆地露面吧。"风间爽朗地笑出声来。这个健壮的男人肺活量很强，声音带有浑厚的回响。

"能说说你和阿繁的关系吗？"

"说说也好，反正我也不是什么正人君子，想装也装不出来。但我可不是什么怪人。"

风间第一次见到阿繁是在横滨的夜总会，是前年年末的事。阿繁当时刚刚从中国回来，几乎一无所有。夜总会里还有很多女人，但阿繁最吸引风间。

"她总是穿和服，还梳着银杏卷或戴假发，扎着黑缎面腰带。在那种场合这么穿很有趣，我就去找她搭话。我当时可没想对她怎么样，这是真的。这话从我自己嘴里说出来你可能不信，我这人对女人其实没有太大兴趣，当然也不讨厌。与之相比，我更喜欢赚钱。"

尽管如此，风间还是包养了这个女人。

"总之，我被她给搞定了。"风间说着，又发出爽朗的大笑。

恰好那时风间建造的房子空着，他就把阿繁养在那里。风间经常去那里过夜。他对阿繁没有特别用情，只是养成习惯了，一直维持着这种关系。

“所以，阿繁的丈夫忽然找到我的时候，我也不是特别吃惊。那个叫糸岛大伍的人是去年六月找的我。我不知道你怎么看那个人，他长得挺敦厚的，实际却是个狠角色，着实吓唬了我一顿。”风间露出苦涩的微笑说道，“糸岛那家伙其实没必要那么强硬。老实说，我对付不了那个女人。长期待在外国,阿繁在男女关系方面有点儿那个，就是比较奇怪的喜好，我不喜欢。”风间微微一笑，又哈哈大笑起来。“哎呀，说这些真不好意思。我也是个正经人，想老老实实过日子，一开始还挺珍惜，后来越来越过分，我就想离开她。正在这时有个家伙自称是她丈夫，我就顺水推舟，连本带利还给他。”

村井盯着风间说道：“可是，你后来也见过她。”

“那说起来就一言难尽了。那男的说得好听，做事可真不地道。我把女人还给他，我自己还没怎么样呢，那女人反倒过来纠缠我。她看上的不是我这个人，而是我的钱。”

“也不是完全如此吧，你还是把她迷住了吧。”

村井非常自然地说道。谈话间，他能感受到这男人粗犷的气质和强大的魅力。这种性格会让某一类型的女人着迷。风间似乎没有弄懂他的意思，只是以苦笑来回应。

村井话题一转，开始问鲇子的事情。风间皱着眉头说道：“我倒是想起一件事。不，我没有见过那个女人，可是经常从阿繁那里听到这个名字。阿繁不喜欢她丈夫，或者说是憎恨。可是丈夫要是勾搭上别的女人，妻子的自尊心又受不了，所以她经常向我抱怨。我对这种事情一向没兴趣，总是敷衍过去。最后一次见她的时候，大概是二月中旬吧，她异常激动，说自己不知道什么时候会死，如果死了给她上炷香，净说些晦气的话。说着说着，她忽然站起来，说自己不能一个人死，要死也得带上那个女人，不能放过对方。她说个不停，现在想来，可能那时候她就下决心了。”

“你也觉得杀鲇子的是阿繁吗？”

“是的，糸岛不会杀自己的情妇。我觉得阿繁杀人也没有什么奇怪。她不是人，是个畜生。”风间说着，露出可怕的微笑。

村井又转移了话题，问风间知不知道糸岛是什么时候回国的。风间竟然准确地知道日期和船的名字。

“那人是去年四月回国的，船名是 Y 号，停在博多港。阿繁是前年十月回来的，相差半年。我知道得这么清楚，是因为我有个熟人是和糸岛坐同一条船回来的。”

村井听到这里，不禁心中一动，当即让风间介绍那个熟人。风间略微吃惊地看着村井。

“啊，对了，鲇子也是坐同一条船吧。”

风间在名片背后写了几行字，交给村井。“这次的杀人案和我可没有半点儿关系，但也许有什么地方我没注意到。要是那样请随时来找我，我对自己的行为负责。”

村井接过名片，离开了事务所。

找到和糸岛同船的人对调查非常有利。村井第二天就拿着风间的名片去拜访了那人。可是那人对糸岛和鲇子都没什么印象。村井又向他打听到当时在船上的其他人。此后数天里，村井一个接一个拜访坐 Y 号回来的人，结果只得到以下一些信息：

和糸岛一起回来的女人叫小野千代子。她只身从中国东北来到华北，开船前到达天津。没有人知道她的底细。从乘船前开始，糸岛就一直和她在一起，很照顾她。他过于热情，不知道的还以为他们相识已久。两人一同上岸，好像一起去了东京。但只到这里，后来就没人知道二人的消息了。

村井非常失望，然而更失望的是，这些人虽说见过小野千代子，但不能确认长什么模样。因为千代子留着短发，穿男装，脸上还抹着煤灰，故意弄得很脏，没有人见过她的真实面貌，只知道年龄大概二十五六岁。

“可是也没有必要。即使记得小野千代子的长相，尸体已经烂得分辨不出了，有证人也无济于事。”

“说得也是。”村井犹豫不定地回答了局长的话后问道，“关于糸岛和阿繁的行踪，后来还有什么消息吗？”

“没有，所以很麻烦。路过G町的驻在所之后，就了无踪迹了。混账！藏得倒挺好。莫不是风间出于什么侠义，把他们藏起来了吧。”

“这怎么可能……风间没有那样做的道理啊。”

这样烦闷地过了数日，终于迎来了恐怖毕现的二十六号。事情是这样暴露的。

六

木匠阿为，全名江藤为吉，给黑猫酒馆装修。他二十六号来找警察，说了这样一件事。

“我昨晚刚听到这件事的时候就觉得不对劲儿，才来向你报告。你问昨晚听到什么？是这样的。听说挖出尸体的是莲华院的日兆和尚，但挖尸体的原因很奇怪。日兆说两三天前看见狗在那儿嗅什么，感觉看到了一只人脚，于是那天晚上下决心去挖……我昨天刚听说，这是真的吗？”

局长、司法主任和村井听到阿为话里有话，一下子紧张起来，立刻告诉阿为，日兆就是那么说的。阿为疑惑地说道：“可是，那个……日兆是弄错了吧，不可能啊。挖出尸体的前一天，就是十九号傍晚，我在院子里烧火，当时是我用耙子把落叶扫起来的。发生这种事后，我问过长谷川，就是巡查长谷川，问他尸体在哪儿，怎么埋的。长谷川给我讲过。可是十九号晚上，我扫落叶的时候就在那附近，根本没看到什么人脚。”

局长、司法主任和村井不由得咽了口唾沫。

“你……那个……没弄错？”司法主任问道。

“局长，那里落叶很厚。如果从岩崖上能看到，肯定要露出地面很多。我就算看不到，耙子也能碰到吧。十九号傍晚，那里绝对没有脚啊手啊什么的，这还能错？”

阿为回去后，警方马上传唤了日兆。

“你怎么解释？阿为非常肯定，你难道想说是狗填的土，再把落叶盖上去的吗？”

局长严厉地问道。日兆眨了眨眼睛，看着众人。这个青年额头宽大，脸颊瘦削，脸色很差，以前就给人一种畸形的感觉。这几天里脸颊更瘦，脸色也变得灰暗，闪亮的瞳孔中充满着动物的凶残，叫人看了不寒而栗。

“那人说的是真的。”忽然，日兆用浑浊的声音干脆地说道，同时像野兽一样舔了舔嘴唇，“没有什么人脚，是我编的。”

众人面面相觑。日兆如同决堤的洪水一样开始滔滔不绝。他的话彻底改变了案情。

“这是上个月二十八号黄昏时的事。”日兆开始说道。

他去后面的杂树林拾柴火，听到岩崖下黑猫酒馆的院子里有挖土的声音，无意间望去，是老板糸岛大伍。日兆问他为什么挖坑，糸岛回答猫死了要埋了。

可是，过了两三天，日兆去杂木林拾柴火的时候，听到酒馆的院子里传来猫叫。他想起前几天的事，不禁有些疑惑，从岩崖上望下去，本该死了的黑猫在廊下不停地叫，眼中闪光。

日兆心里一惊，但也不信这会是猫的幽灵。

什么啊，猫不是还活着吗？老板撒了谎。为什么要撒这种谎？那坑里又埋着什么？

这样想着，日兆又向老板挖坑的地方看去，心头又是一紧。当时还没有盖上落叶，地上非常平整，虽然不知道埋了什么，但很明显挖过一个大坑。日兆不禁非常不安，一直从岩崖上盯着挖土的痕迹。忽然，他觉得自己好像被人盯着，慌忙环视周围，发现酒馆里面房间的拉门缝隙中有一只眼睛在和自己对视。那只眼睛马上躲了起来，日兆却越发不安。虽然只看到眼睛，不知道是谁，但明显是女人的眼睛。酒馆里，除了老板娘，就只有加代子、珠江和阿君三人，但日兆觉得刚才的眼睛并不属于她们。

第二天，日兆想起上个月房租的找零还没有给酒馆。拿着钱去的时候，他顺便问了句里面房间里的人是谁，三个女人说肯定是老板娘。日兆又问除了老板娘还有谁，她们便说怎么可能有别人。老板娘脸上长了东西，连我们都不见。可是奇怪了，日兆你为什么打听这个。对了，知道了，日兆你喜欢老板娘。你看，脸都红了……

被女人们取笑，日兆连滚带爬地逃回寺里，对大坑和里面的房间却怎么都放不下心，又悄悄躲到杂树林里。他向岩崖下望去，挖坑的痕迹被落叶掩盖住了……

日兆更加不安，好奇心也愈来愈重，像火一样燃烧。为打消不安，除了看一看酒馆里的那个女人到底是不是老板娘，别无他法。在好奇心的鼓动下，他决定在岩崖上的草丛里监视那个房间。只要睡在草丛里，眼皮底下就能看见那个房间。拉门最近总是关得紧紧的，玻璃也被纸糊住，看不见里面。可是日兆想，不管那女人是谁，只要是人，每天都要上厕所。厕所在拉门外面的走廊尽头。日兆极有忍耐力，像猫捉老鼠那样，等着那个时刻……

“你最后看见还是没看见？”

日兆说话絮絮叨叨，局长受不了，厉声问道。日兆的眼睛闪闪发亮。

“看——看到了。看到了。”

“看到了？怎么样？是不是老板娘？”

“不是老板娘，是一个我不认识的、从来没见过的女人。”

日兆的话几乎惊倒村井，局长和司法主任也一时乱了方寸。

“可是……也许是护士，老板娘还在房间里……”

“不，不可能。”日兆斩钉截铁地说道，“房间里只有那个女人。她穿着老板娘的和服。就是说她装成老板娘，把大家骗过去了。”

日兆不停地说下去。

不久，老板把黑猫酒馆卖给了别人，要离开此地。日兆听说此事，再也坐不住了。最后一天，他在道边拦下拿着行李箱的女人们，问她们是否见过老板娘，但谁都没有见过。

就在当时，报纸上有个非常轰动的报道，说某个空房子下面挖出了腐烂的尸体。

日兆再也忍不住了。如果不解开这个恐怖的疑问，他晚上都睡不着觉。

“于是，我挖开了那个坑。”

日兆被扣留了一整天，被警部和刑警轮番讯问。他瞪着那双野兽似的眼睛，一开始还流利地重复相同的话，天快黑时，忽然口吐白沫，一头栽倒。他的老毛病又犯了。

“这到底是怎么回事？”局长也因早上开始的激动而异常疲劳，

用虚弱的声音茫然地说道。

“就是说，被杀的不是鲇子，而是老板娘。然后鲇子在两周里伪装成了老板娘。”

司法主任什么也没说，不停地摸下巴。

村井在旁边静静地说道：“局长，其实我一开始就是这么想的……即使脸上长东西，生活在一起的人两周都没有见过，也太不自然了。里面肯定有什么文章……”

“可是，鲇子为什么装成老板娘？这可是非常危险啊。”

“嗯，当然危险。可是，局长，只有老板娘还在店里，老板要把店卖掉才没有人怀疑。如果老板娘不见了，老板又要把店卖掉，您想想看……不说别人，至少那三个陪酒女会怎么想？远走高飞是需要钱的。拿到钱之前，必须让老板娘看起来还活着。”

“嗯。”局长摸了摸下巴。

司法主任不停地挠头。村井接着说道：“杀黑猫的理由也可以解释。老板娘肯定非常喜欢那只黑猫。黑猫看到了老板娘被杀的场面，老板觉得很瘆人，就把它杀掉一起埋了。可是没有了黑猫，又会被店里的女人们怀疑，就买了一只替代。两只猫也许是一胎生的，糸岛在二十八号晚上去了猫原先的主人那里又要了一只。所以，被杀的不是鲇子，是鲇子和糸岛二人杀了阿繁。”

“嗯……”局长低吟了一声，忽然想起来，“啊，对了，长谷川十四号晚上看到糸岛和老板娘走过驻在所前又怎么解释？”

众人马上就发现，长谷川实际上没有看到老板娘的脸。那女人用围巾围住脸，只露出眼睛，倚在糸岛身上，低头走了过去。长谷川从大致的样子上判断是老板娘，也不是没有道理。

这样一来，日兆的话就没有可怀疑的余地了。被杀的不是鲇子而是老板娘，鲇子反而是凶手。

案件彻底逆转了。系岛大伍和情妇鲇子的通缉令取代了原先的通缉令，向全国警察发放。

这一新发现上了当天晚报的头条。看了这一报道，有两个人非常吃惊且非常感兴趣。风间俊六在办公室看到后一片茫然，然后像笼子里的狮子一样，在房间里反复踱步，最后嘴抿成一条线，离开了办公室。

他来到大森山边一家叫松月的豪华旅馆。战后，普通住宅没有修建，这样的旅馆倒是盖了不少。这家松月旅馆是风间为了招待客人自己盖的，交给情人管理。

"啊，老爷……果然是老爷来了。"

风间在打扫得干干净净的大门口解开鞋带时，一个像《伊势音头》里的万野那样的女总管慌忙跑出来。[1]

"啊，是千佳啊。他人呢？"

"老板娘正在洗澡。"

"我是说我的朋友。"

"您的朋友……您才刚到，怎么就不理老板娘了？难怪老板娘说，如果那人是女人，她一定不会让他白住的。嘻嘻，老板娘在嫉妒哟！您的朋友还在，他不会逃走的。"

风间苦笑了一下。"他还在睡觉吧？"

"不是，他刚才看晚报，忽然很着急，把最近的报纸全拿走了，

---

①《伊势音头》全名《伊势音头恋寝刀》，歌舞伎剧目。万野是剧中的人物，为人势利刻薄。

气势汹汹的。”

“报纸……”风间眼前一亮，大步走向里面。一个女人听到他的声音，急忙从浴室出来叫他。可他头也不回，走到走廊尽头，喊道：“耕助，在吗？”他哗啦一下拉开拉门，在这个豪华的四叠半大的房间的正中间，埋头于报纸的不是别人，正是金田一耕助。

金田一耕助看着风间说道：“你、你、你、你，风、风、风、风间……”他说话非常结巴。“这、这、这个案件，是无、无、无、无面尸的案件。被、被、被害者和、加、加、加害者互换。给冈、冈、冈山的Y先生报个信，让他高兴一下。”他一边说着不着边际的话，一边用五根手指挠着乱发，像个傻子一样哈哈笑着。

七

三月二十九日。

案件发生逆转的第三天黄昏，一个奇怪的男人来到警察局。当时许多高层正在警察局内开会，一个勤杂人员走进来，给了局长一张名片。局长拿起一看，是警视厅的前辈的名片，上面用钢笔潦草地写着："兹介绍金田一耕助，参与黑猫酒馆杀人案调查，若诸位通力合作，则彼此幸莫大焉。此致。"

局长皱了皱眉头。"这个人来了吗？"

"是的，在接待室等着呢。"

"那就让他进来吧。"局长又看了一眼名片，然后推给司法主任，"你认识这个人吗？"

司法主任看后显得大惑不解，摇摇头，又给村井看。村井也不知道。

"是要给这次的案件提供什么信息吧？"

"嗯，也许是吧。"

因为介绍人地位很高，局长也有点儿紧张。介绍人说要刑警们协助这个人调查，村井也很好奇。不一会儿，来人出现在门前，所有人都大吃一惊。

“啊？你……”

金田一耕助还是一如既往穿着皱巴巴的和服和裙裤，飘然进入房间，对谁都没点头。他看见村井，说道：“啊，昨天……哈哈哈。”说完还挤眉弄眼地笑着。

“你认识他？”局长诧异地回头看着村井。

“嗯，是的……”村井鼻子里呼出一股热气，狐疑地瞪着金田一耕助。

他之所以认识金田一耕助，是因为这样的经历。

案件发生逆转后，村井觉得有必要重新调查，再次造访了相关人员，结果所到之处都碰见了金田一耕助。一开始还没怎么留意，看见好几次后，他就觉得奇怪了。在阿君的住所再次相遇，他忍不住问道：“你到底在找什么？”对方呵呵笑着：“我吗？我在找幽灵。”

金田一耕助说完就把愣住了的村井撇在一边，飘然走了。后来，村井询问了阿君。

“我也不太清楚。您知道风间先生吧，就是老板娘的金主。他说他是风间先生的熟人。”

村井一听，心里一凛。风间和这个案件关联极大，说不好听些，可能是重大嫌疑人。他陡然起疑，决定尾随其后，急忙离开了阿君家。

不知对方是否清楚后面有人，他从目黑来到涩谷，又换乘私营铁路来到G町，走进了后坡。村井越发奇怪，对方却不紧不慢，把帽子戴在后面，一手拄着藤拐杖，简直像日常散步一样，好像还一边走一边吹着口哨。但一走到莲华院的背面，他脚步忽然加快，村井一个不注意，竟然消失不见了，好像被土墙吸进去了一样。

村井大惊，慌忙跑过去，原来墙上有个一人大小的洞口，这才是那人忽然消失的理由。找到了原因，疑惑却并没有解除，反而更深了。村井也钻了进去。

如前所述，这里有一片武藏野台地风格的郁郁葱葱的杂树林。因是早春时节，枯黄的野草绵延不绝。村井看看四周，没有发现那人的身影。竖起耳朵，也听不到脚步声。他越发感到不安，可既然走到这里，空手而回又不甘心，便拨开枯草，慢慢向树林深处走去。忽然，他在前方发现了那人的身影。那人靠在粗大的榉树上，目不转睛地盯着前面，显得非常紧张。

他究竟在看什么？村井伸长脖子，却看不清楚，便迈出一步，还是看不清。两步、三步、四步，突然间他失去了重心，眼前一花，扑通一声掉进了坑里。

后来才知道，那是战争期间挖的防空壕。所幸底部堆满了落叶，没有受伤。但村井还是摔得头晕目眩，不明所以。他正坐着环顾左右，那人从上面看下来。

“哈哈，警察先生，挖挖看，说不定能碰见狐仙啊。”

说完这句话翩然而去的，正是眼前这个男人。村井重重地叹了口气。

“金田一先生，对吧？”局长满腹狐疑地看着二人，但还是用圆滑的调子说道。

“啊，对。”

“请坐。你和这人有什么交情吗？”局长把名片给耕助看。

“交情倒是有一点儿……”

“你有什么事？”

“我昨天已经和这位警官说过了。我想找幽灵。”

“幽灵？”

局长和司法主任面面相觑。司法主任想说什么，但局长递了个眼色。“幽灵是什么？”

“幽灵——有很多。现在是个群魔乱舞的时代。但我要找的幽灵，是黑猫酒馆杀人案的凶手。”

局长和司法主任又交换了一下眼色。

局长稍微探出身子。“你知道糸岛大伍和桑野鲇子的下落？”

“是的，知道。”

金田一耕助淡淡地说道。但对在场的人而言，这短短一句犹如炸弹一样，所有人都从椅子上跳了起来。

局长的眼睛瞪得不能再大，看着对方，心想不知这人是傻还是非常了不起。“究竟在哪里？他们躲在哪里？”

“我正想带你们去。可我有一个请求。”

“什么？”

“请把莲华院的日兆和尚也叫过来，我有些事问他。问过他后就全部 OK，马上就带你们去找糸岛和鲇子。”

局长不知所措，一个劲儿地看金田一耕助，忽然目光落在指尖夹着的名片上，于是下定决心，转头对司法主任说：“你去给 G 町的驻在所打电话，让长谷川把日兆带来。”

“请告诉他，如果日兆在，来之前先打个电话。”金田一耕助加了一句。

司法主任打完电话，回头看着金田一耕助。“金田一先生，你刚才说——幽灵。我问一句，你认为鲇子已经死了吗？”

“鲇子？为什么？为、为什么那个女人要死？我说的幽灵，是指那人死过一次，但又活过来了。”

司法主任沉默了。虽然有日兆的证言，但他还是认为被害的是鲇子，凶手是老板娘。

一直一脸狐疑地看着金田一耕助的村井忽然想起什么似的，插了一句：“对了，我刚想起来，金田一先生，你认识风间俊六吧？”

金田一耕助微微一笑。“哈哈，警察先生，您怎么知道的？啊，我明白了，是阿君告诉你的，对吧？”

“谁告诉我的无所谓，你和那人是怎么认识的？”

“中学时代的校友。”金田一耕助口若悬河地说了起来，“我们的中学在东北，毕业后都到了东京，都在神田的住处混着。后来我去了美国，他留在日本，成了流氓，还是个厉害角色，干着勒索敲诈的勾当。我从美国回来后，他也从黑道金盆洗手，办了个公司，变成了有头脸的人物。当时我们重温旧交，有些往来。不久我被抓去当兵，又失去了联系，大概有六七年吧。我去年复员回来，马上因为一些事情，去了濑户内海那边，结果在回来的公共汽车上发生了这样一件事……一个流氓团伙蜂拥上车，这下可坏了。这些人天不怕地不怕，很难对付。他们实在很粗暴，让我们这些善良的旅客很难受，但是没人敢出头，大家都战战兢兢的。无疑，我也是其中之一。这伙流氓越来越得意忘形，凶相毕露，我们正忍无可忍，有一个男人挺身而出。他直接揪住流氓头子，似乎挑衅了几句。我们想，完了，肯定要闹出大乱子来，手心里捏了一把汗，既提心吊胆，又有些兴奋。结果完全出乎意料，那人看起来只是和流氓头子随意说了什么，形势就陡然而变。刚刚杀气腾腾的流氓个个狼狈不堪，安静下来，还对那人低头行礼，毕恭毕敬。哎呀，真不能因为我有学问就动不动使用这么多晦涩的汉字词语，否则就太给记录的人添麻烦了。[①] 总之，我们都松了一口气，失望的同时也有种逃过一劫的重生的感觉。满堂喝彩中，众人包围住英雄，还有几位夫人晕过去了。我也深感佩服。连警察都不怕的暴徒，被他一句话就镇住，真是太了不起了，简直是水户黄门[②] 再世啊。我定睛一看，什么啊，这不是风间俊六嘛！我高兴得不得了，这可是向各位绅士淑女大展我威风的时候。我拍了一下他的肩膀，说了句'喂，这不是风间吗'，还故意咳嗽了两声。可是那家伙仔仔细细看了我半天，才说：'什么啊，是小耕啊。'听他这么一说，我反倒不好意思了。这，就是金田一耕助和风间俊六再度相逢的一幕。我当时居无定所，他让我到他那里去。我眼下就寄居在他那里。"

局长、司法主任和村井呆若木鸡，盯着金田一耕助，一脸吓坏了的表情。没想到前辈竟给介绍了一位不得了的人物。好一会儿，局长才勉强忍住笑说道："原来如此，你现在住在风间先生那里？"

①此处意在讽刺日本当局限制汉字的使用数量。原文中此段故意用了很多佶屈聱牙的词语，因为不能用过多汉字，而用大量假名书写，故而比较麻烦。

②即德川光圀（1628－1700），日本江户时代水户藩的藩主，也是著名的学者、历史学家，曾组织编纂《大日本史》。

“是的，就是去当食客。以前不是有个有名的食客叫权八[①]吗，但我这个权八正如你们所见，没什么可以夸耀的。本来是权八打跑了众流氓，长兵卫看了欢喜，请回家里。现在时过境迁，打流氓的事全交给长兵卫，权八只负责战战兢兢屁滚尿流。不过没有小紫那样的女人，权八也就用不着犯罪了。长兵卫现在倒是养着好几个小紫。现在照顾我的，就是风间的二老婆，或者是三老婆、四老婆、五老婆，我也不知道。就这样他还好意思说‘我对女人没什么兴趣’，脸皮比城墙还厚啊。要是那样都算对女人没兴趣，那我这样连老婆都还没有的，岂不是连男人都不配当了吗？”

局长终于忍不住笑了出来，好长时间都停不下来，司法主任也笑个不停。只有村井愈发怀疑，表情好像在说：“这家伙到底是谁？”

金田一耕助笑着说：“好笑吗？哈哈，好像有点儿好笑吧。”说着，他抓了抓脸。“总之，我目前寄住在风间俊六的二老婆或者三老婆那里。有一天风间来找我，少见地激动。我问他什么事，原来他也是这个案件的相关人员……报纸上没登出他的名字，所以我一开始也不知道。当时他跟我说，这个案子有个解不开的结，希望我出马……他说这番话，可能是因为我以前当过侦探吧……”

“啊？什么？什么行业？”

“侦探，私人侦探。”

局长忽然大叫起来，慌忙重新拿起名片。“你说你去过濑户内海？说到濑户内海，不是去的狱门岛吧？”

“正是。您也知道那个案子？”

①平井权八，长兵卫门下食客，追求妓女小紫却手头拮据，多次拦路抢劫杀人，后被处死，小紫亦殉情。

“当然知道。都上了东京的报纸了。那可是个复杂的案件……原来你就是金田一先生……”

局长重新打量了金田一耕助一番，司法主任和村井也吃惊地瞪圆了眼睛。村井的疑惑肯定也一下子消除了。

“是的，我就是那个姓金田一的耕助。哈哈。”金田一耕助笑道。

“原来如此，所以你才会和我的前辈有交情。”局长说着，目光又落到手里的名片上，马上探出身子，“太失敬了。因为你的样子实在太奇怪……不，不，没什么。你是为了这个案件出马的？”

“嗯。俗话讲滴水之恩当涌泉相报。我本来很讨厌帮派的义气，但对这个案件相当感兴趣。这是个无面尸的案件啊。无面尸，你们听说过吗？这和一人分饰两角的诡计不同。无面尸是事先告知读者，一人分饰两角则要隐藏到最后，如果被读者看破，作者就输了。这两种诡计又和密室杀人不同。密室杀人也会提前告知读者，但解决方式千变万化。本来……”金田一耕助说得上瘾，滔滔不绝，忽然注意到失态，说道：“哎呀，我想说什么来着。对了，因为这个原因我才接手的。哈哈，那个，什么来着。昨天我终于把谜底揭开了。就是这样。”

局长一片茫然，目不转睛地看着金田一耕助，眉头一皱。“这个案件有什么谜团吗？”

“有，而且很大，实在是个惊人的谜团……我这么说，不是在炫耀自己比各位更早地解开了谜团。其实我掌握着你们不知道的、非常重要的信息，所以比你们更早解开谜团也不值得夸耀。关于此事……”金田一耕助转向村井，“风间让我代他向您道歉。他上次见您的时候，本来是想说的，但不太确定，就没有说。”

“他想说什么？”村井猛地身体前倾。

“是这样的。糸岛，就是黑猫酒馆的老板，此人第一次去找风间的时候，试图恐吓他。”

“这我也知道。”

“是吧？但是糸岛当时太激动，一不小心说漏了。他说别看阿繁表面上普通，实际非常可怕。她之所以离开日本，是因为在东京把前夫毒死了……”

“啊！”众人个个瞠目结舌。局长呼吸急促地说道：“就是说，阿繁有前科？”

“是的。但她似乎并没有被判刑，在判刑前就巧妙地跑到了中国。风间应该把此事告诉警方，但因为不能确定是否属实，就一直没说。我知道这件事，因此比你们有利，第一步就从阿繁的身世查起……”

“你查到了吗？”

“查到了。现在虽然没有确切的证人，不能断言，但多半没错。我调查的另一个根据是阿繁无意间对风间说的一句话。她曾经说，她到了中国东北不久，就赶上了卢沟桥事件。这么算来，她在国内犯罪后逃走，应该是在昭和十二年的上半年。于是我去了报社，查找当时的报纸，发现了这个。”

金田一耕助从怀里拿出一个笔记本，从中取出一张照片。局长接过一看，是个十七八岁、梳着辫子、穿着朴素平纹绸和服的姑娘，样子可以说可爱，但谈不上出众，就是个普通的姑娘。

“这是……”

“从报社的档案部借来的。这张照片还配有说明文字，我念给你们听听：松田花子，十八岁，深川木匠松田米造之长女。小学毕业后，于银座银月茶楼做服务生，与画家三宅顺平（二十三岁）结婚。三宅家资产丰厚，其母靖子老夫人认为二人学历相差悬殊，家庭风波不断。昭和十二年六月三日，花子意图毒杀靖子老夫人，误杀丈夫顺平后逃走，至今下落不明。人云其已自杀。此照片为昭和十一年三月花子工作中所照，时年十七岁。”

随着金田一耕助的朗读，局长愈加激动。金田一耕助读完，他长叹了一声，说道：“我还记得这个案子。当时我在神乐坂警察局，三宅家在牛込。金田一先生，阿繁就是松田花子吗？”

“是的，我查遍从昭和十二年上半年一直到十一年的报纸，和糸岛所说相符的案件，即杀了丈夫后失踪的女人，只有松田花子一个，而且年龄也和阿繁相符。随后，我给风间、阿君、加代子和珠江看了这张照片。”

“他们说是不是阿繁？”

“四人都不能肯定。十年过去，女人会发生很大改变。特别是阿繁有意识地改变装束，所以四人都不能马上肯定，只是说有些像，觉得像老板娘年轻时的照片……”

众人一下子都沉默了，一种黑暗的阴森之气如潮水一样涌上来。

局长发现握紧的拳头里全是汗水，便掏出手绢一边擦一边说道：“那么……”

刚说了一半，桌子上的电话响了，局长马上拿起听筒。“啊，好，我们等你。”放下电话，他对金田一耕助说：“长谷川巡查来电话，说等一会儿就把日兆带来。”

局长话还没说完，金田一耕助一下子跳起来，让众人好不吃惊。

他收起照片，戴上帽子，说道：“那、那、那我们出发吧。”

局长和司法主任呆在原地，看向耕助，等着呼吸平复。村井紧张得站了起来，好像只有他立刻知晓了金田一耕助的意图。

“是、是、是的，出发。去糸岛和鲇子那里，然后再询问日兆。局长，请告诉局里的人，日兆来了后，把他留在这里等我们回来，绝对不能让他离开……那、那、那，我们走吧。”

局长和司法主任面色紧张地站起来，隐约感觉到这个男人将要带他们去揭开谜底。这时，村井已经走向门口。

八

与此同时，木匠阿为和两个工人在黑猫酒馆的后院用木屑和碎木头生火。发生这种事后，酒馆的装修一度中止，但后来得到警察的许可，他们就又开始了工作。因此他们在这里并不奇怪，但不知为何，三人都尴尬地沉默着。不仅如此，他们还一直侧耳倾听外面的脚步声，看着手表，好像在等谁。更不可思议的是，院子一角放着他们带来的铲子和鹤嘴锄，都是装修完全不需要的。

“来了……”阿为忽然小声说道，“就是这个脚步声。”

三人一下子紧张起来，离开了火堆。

局长和司法主任从酒馆的后门进来，看到木匠和工人，皱了皱眉头。村井也疑惑地看着金田一耕助。金田一耕助笑着说：“这些人是我请来干活儿的。他们拿着铲子和鹤嘴锄，谁都不会觉得奇怪，但警察拿这些东西就太显眼了。久等了，来，我们走吧。”

金田一耕助走在最前面，登上后面的岩崖。跟着他的是阿为和两个工人，分别扛着铲子和鹤嘴锄。然后是村井，最后是局长和司法主任。谁都没有开口，也没有人问要去哪儿、要做什么。可是从阿为和工人们背着的工具看，众人能想到某种恐怖的事实，心里都很不安，心情沉重。

登上岩崖就是杂树林，金田一耕助回头看了一眼。“请注意，到处都是防空壕……昨天刑警先生就……”

他看到村井脸色不好，便低声笑了笑，没说下去。

穿过杂树林就是墓地，大大小小的墓碑把墓地挤得满满的。最近扫墓的人很少，无名墓也因战争急速增加，整个墓地就像废墟一样荒芜。金田一耕助带着众人来到最深处，即墓地和杂树林的交界处。那里横倒着一个没有基石、磨损严重的墓碑，周围覆盖着杂树林厚厚的落叶。

“阿为，扫一下落叶。”

木匠阿为用铲子除去落叶，果然有最近挖过的痕迹，露出了黄色的土。局长和司法主任不由得一惊。

“把新挖的土痕用落叶盖上，这和黑猫酒馆后院的手法一样。搬开墓碑，挖下去看看。”

墓碑很小，也不重，马上就搬开了。碑下铺着很多落叶。

“请看，凶手当时相当匆忙，没有扫干净落叶就放上墓碑，犯了个大错误。因此我也没必要挨个看，马上就找到了。”

把落叶扫开后，村井也帮忙挖掘。果然是最近挖开过，土质松软，徒手挖起来也很轻松。

“尽可能小心些，下手别太猛，要是把重要的东西碰坏了就麻烦了。别用鹤嘴锄了。”

阿为和一个工人用铲子，另一个工人则放下鹤嘴锄，徒手挖了起来。村井不好意思闲着，也徒手挖掘。另外三个人盯着逐渐挖开的坑。局长和司法主任吐着热气，不时取下帽子擦擦额头。金田一耕助一副紧张的表情，把帽子摘下又戴上。

坑已经很深了。把手伸进土里的工人忽然啊的一声叫出来，猛地把手缩回来。

“有什么？”金田一耕助急促地问道。

“有、有点儿软绵绵的，还有点儿凉……”

“好！”金田一耕助环视众人，“事先提醒大家，可不要吓得叫出声来，那样就麻烦了。大家可能都知道了，这里埋着一具尸体。好，挖开吧。”

工人们面面相觑，但好奇心战胜了恐惧。几个人放下铲子，开始徒手挖土，马上露出了令人恶心的土色皮肤。令人吃惊的是，这具尸体也一丝不挂，是俯卧埋下的，从后背到臀部缓缓露了出来。

“混账，衣服会暴露身份，就给扒下来了。真险啊，要是再晚一个礼拜，这也要变成无面尸了。”

“哎呀，是男人啊。”

司法主任惊叫道。从肌肉和皮肤的颜色来看，确实是个男人。局长也非常意外，不解地看着金田一耕助，嘴抿成了一条线。

“是的，是男人。您究竟在期盼什么呢？”

“……我以为是鲇子……”

“鲇子？您在开玩笑吧。那个恶魔怎么会死？我刚才说了好几遍了，鲇子还活着……啊！”

金田一耕助看到最后挖出来的尸体头部，也不由得跳了起来。其他人更是一齐变了脸色，屏住呼吸，全身毛孔都冒出冷汗。尸体的后脑像石榴一样裂开了。

金田一耕助从袖兜里掏出手绢，神经兮兮地擦着脸上的汗。“要是脸部的样子没因此发生变化就好了……警官先生，麻烦您把尸体翻过来，让阿为看看脸。阿为应该认识这人……”

“你用这个。”

局长把皮手套扔了过去。村井戴上手套，把手放在尸体肩上，一下子抱了起来。尸体脸上全是土。司法主任拿出手绢，仔细地把土擦掉。他是干这一行的，所以才敢这么干，但他毕竟也是人，即使手微微颤抖，其他人也不会笑。

“阿为，你去看看。别害怕。你不是胆子最大吗？拿出勇气来……这到底是谁？”

尸体的脸恐怖地扭曲着，但是并没有像金田一耕助担心的那样遭到损毁，腐烂程度也不太严重。阿为牙齿打战，看了一眼那具恐怖的尸体。

“啊！这、这、这是黑猫酒馆的老板！”

金田一耕助回头看了看局长和司法主任。其实发现死者是男性的时候，二人就大概猜到了，因此都没有太震惊。局长对金田一耕助点头说道：“那么，老板也被杀掉了。”

“混账！怪不得怎么找都找不到。可他是哪天被杀的？”

“十四号晚上。路过G町驻在所之后，马上被带进寺里，咣的一下，什么都解决了。剩下的就是隐藏尸体了。但警察却把他当成杀阿繁的凶手或者共犯。这就是真凶想达到的目的。”

“那么，凶手是鲇子？”

“是的。”

“鲇子现在在哪儿？”司法主任不耐烦地插嘴道。

“在寺里。看，就在对面那个仓库里。”

太阳已经开始落山了。毫无人烟的寺内被薄暮染上一层淡灰色，冷风砭人肌肤。众人向金田一耕助所指之处望去，在远离正殿和起居室的寺院深处，一座可以称为内院的小殿旁边，孤零零地立着一个仓库。那里放着寺内的用具和宝物，为了防火，所以远离其他建筑。

一瞬间，众人都默不作声。村井忽然跑向前去，局长和司法主任也跟在后面。

金田一耕助回头对阿为说：“阿为，把鹤嘴锄拿来。剩下两人请留在这里。”

阿为提着鹤嘴锄跟在金田一耕助后面。

仓库大门外侧挂着一把大锁。

“日兆应该有这里的钥匙。也许还有备用的，但还是不要打扰中风的老和尚了。用鹤嘴锄砸开吧。”

锁马上被砸坏了。金田一耕助向阿为道谢，让他离开后，自己把手放在大门上。毕竟非常紧张，掌心被汗弄得湿漉漉的。

“大家注意，对方现在走投无路，不要觉得是女人就大意了。”

局长、司法主任和村井也紧张得不住松手又攥拳。金田一耕助深吸了一口气，用力推开了大门……

“危险！”

村井猛地撞开了金田一耕助。耕助忽然被撞，膝下一软，栽倒在地。几乎同时，砰的一声枪响，一颗子弹嗖地从他头上掠过。即使是耕助，也没有想到对方手里有枪。要不是村井撞了一下，他肯定会被贯穿头部当场身亡。

“动就打死你！”

大门里面传来女人尖锐的声音。金田一耕助伏身向上看，像昏暗洞穴一样的仓库内赫然站着一个穿时髦西服的短发女人，虽然抹着厚厚的白粉和口红,脸上还是透出一种残忍。她因绝望而面如土色，瞪大的眼睛里流露出狂暴，迸发出一股杀气，枪口向下瞄准耕助。

金田一耕助自不用说，局长、司法主任和村井也是脸色苍白。

“你到底是谁？”女人的声音带有抑制不住的愤怒，同时也在颤抖，还充满憎恶和怨恨，“你不是警察吧？既然不是警察，究竟和我有什么仇怨？我好不容易躲进黑暗，你却要把我拉到光天化日之下！”她喉咙深处发出歇斯底里的声音。“我知道了,都是你干的！昨天我看到你在墓地周围转。我觉得危险，本想离开这里，可日兆那个笨蛋，竟然不听我的话，不让我出去。要是没有那个笨蛋，我早就逃了……”女人咬牙切齿，忽然发狂似的摇头，“现在说这个也晚了，什么都晚了！我有心理准备。但是，你，一头鸟窝爱管闲事的人，我不能一个人死，你得陪着我死！咱们一起上黄泉路吧！”

“住手！”

局长怒吼一声，向前踏出一步。可是金田一耕助伸出一只手制止了他，带着悲伤的表情摇了摇头。女人也晃动着手枪，局长再也不敢向前迈出一步。

“站起来！”

女人高声叫道。金田一耕助颤颤巍巍地站起来，和女人面对面。此时他大脑一片空白，也没有力气做什么，全身虚弱无力，连站立似乎都很勉强。

局长、司法主任和村井三人站在不远处，身体僵硬却心急如焚。

可他们无计可施。他们如果行动，只会令金田一耕助的死期提前。瞄准金田一耕助的手枪随时都会射出子弹。

金田一耕助感到全身发软，真想让那女人速战速决。

“呵呵呵呵呵。”女人发出鬼魅般的笑声。她瞄准目标，手指扣上扳机。

忽然，她看向金田一耕助背后。不只是耕助，而是三个警察背后。就在那一瞬间，她恶魔般的决心和赌上性命的紧张感崩溃了，黑暗的脸上明显露出犹豫，不觉间竟如小孩哭泣一样扭曲起来。

“阿繁！”一个浑厚的声音从众人背后响起，“别胡来！”

一瞬间，女人调转枪口，瞄准了自己的心脏。砰的一声，女人在烟雾中软绵绵地倒下了。同时，金田一耕助也一下子瘫软下来，一双有力的手从后面稳稳托住了他。

“小耕，振作一点儿！”

不用说，是风间俊六。

局长、司法主任和村井跑到女人身边。看到女人正处于临死前最后的抽搐，局长将目光投向风间，不可思议地问道：“你刚才叫她阿繁，这女人是阿繁吗？”

“是的，她就是阿繁。”

“可是，金田一先生说她是鲇子……”

“是的，局长。”金田一耕助被风间俊六抱着，用无精打采的声音说道，“她既是黑猫酒馆的老板娘阿繁，也是日华舞厅的桑野鲇子，一人分饰两角。”

九

第二天，在大森的松月旅馆的厢房里，局长、司法主任和村井围着金田一耕助坐着。风间俊六是主人，也在旁边。他的二老婆，或者是三老婆、四老婆、五老婆，总之有个娇艳的女人在旁边服侍。本来应该是金田一耕助到警察那里说明案件真相，但也许由于昨天神经紧张，他过度疲劳，没有力气坐车外出。风间俊六很担心，就把警察请到了这里。

“唉，真是太丢脸了。”金田一耕助不好意思地反复挠头。他脸色很差，笑容里也没有精神。

局长同情地说道：“不要勉强自己。离死那么近，换成谁都会这样，真是千钧一发啊。”

“我们也都捏了一把汗。”司法主任也感慨地说。

“当时要是风间先生再晚来几秒，真不知道会怎么样。”村井心有余悸地说。

“是的，那女人喜欢风间，所以被风间呵斥时才会像小孩子一样哭。昨晚，我眼前全都是那张脸。那女人虽然坏，可一想到那张脸，就觉得可怜……哎，色狼，你怎么不说话？阿节在旁边就不吭声吗？”

“别瞎说。但小耕你能开玩笑，我也放心了。昨天晚上你一直在说胡话，我担心得够呛。是吧？”

风间双臂抱在胸前，转头看了看旁边的阿节。这个不知道是风间二老婆、三老婆、四老婆还是五老婆的女人只是默默地微笑。

“多谢多谢，让你担心，实在抱歉。不过风间，你可别再叫我小耕了，好歹也要叫阿耕啊。我可不喜欢那么随便。你说是不是，阿节？”

阿节依然微笑不语，但好像忽然意识到什么，拿起空酒瓶站了起来，说道：“如果有什么事，请摇铃叫我。”说完就出去了。

金田一耕助目送她出门，说道：“她不错嘛。风间，你别在外面乱搞了，就和阿节在一起吧。”

风间苦笑着说：“别扯闲话了。大家都等得不耐烦了，快说吧。”

“好。”

金田一耕助用力点点头，喝了一口没有气的啤酒，然后正襟危坐，开始讲道：

“我的开场可能有些奇怪，侦探小说里有一个主题叫无面尸。这是我最近从冈山的一个朋友那里听来的，是这样：A 想杀 B，但如果直接杀，马上就会被怀疑，因为所有人都知道 A 有杀 B 的动机。于是 A 杀了 B 后，把 B 毁容，再给尸体套上自己的衣服，伪装成被杀的是自己，然后再躲起来，这样人们就会认为是 B 杀了 A 后潜逃，警察会把 B 当作凶手去搜捕。如此一来，A 就可以安全地藏好。就是这么一种诡计。这次的案件和这个非常相似，但仔细想想，从根本上还是有区别的。刚才那种情况，第一目的是杀 B。但这次的案件不是这样。作为阿繁替身的那个女人和阿繁之间没有恩怨，阿繁唯一的目的就是杀了丈夫糸岛大伍。这和普通侦探小说里的无面尸不同。正因如此，当动机被看破后，阿繁就必然失败了。”

金田一耕助又喝了一口啤酒，润了润嗓子。

“我从风间那里听到关于阿繁身世的疑惑，马上就注意到了这个动机。后来发现的昭和十二年松田花子的案件更加确定了我的想法。松田花子想毒死婆婆，却误杀了丈夫，然后逃往中国。她当然改名换姓，隐藏来历，却不知怎么被糸岛大伍发现，在胁迫之下与他成为夫妻。糸岛在中国肯定也是利用阿繁的美貌和肉体来做坏事。这样的夫妇之间不会有爱情。糸岛虽然钟情于阿繁，但阿繁对丈夫除了憎恨以外，不会怀有其他感情。她没有逃走，是因为害怕秘密暴露。也因为这一点，她不但害怕糸岛，也非常害怕回到日本。恐怕她是打算一辈子都留在外国，可是由于战败，不得不被遣送回国。她不想这样，但无计可施。因此她就想，回到恐怖的国内，而且是和恐怖的男人一起，至少能避免其中一种情况也好……于是她扔下糸岛，一个人先回到国内。既然被遣送回来，不如借此机会，把知道自己秘密的糸岛永远甩开。于是回到国内的她想尽量远离东京。但是她生在东京长在东京，也只能住在离东京不远的地方。此时距她毒杀丈夫已经过了十年，而且这十年对阿繁来说，相当于十五年、二十年，相貌完全变了。当时她还是个孩子，脸蛋圆圆的，现在变成了长脸。她对自己的变化有自信，为了突出这一点，还故意梳着和以前不同的日式发型，衣服也选择传统的日本风格。就这样，她在横滨的夜总会遇见了风间，被他包养，终于找到了安定的住处，而且恐怕还是生来第一次恋爱。生活安定、爱情满足，两方面都有所得的她沉醉于幸福，可这时糸岛回来了。打算永远甩开的糸岛出现在她面前，当时她的愤怒可想而知。如果只是为了糊口，阿繁还可以断掉当时的关系。但她喜欢上了风间，因此无法放手。好不容易得来的幸福就让这个男人打碎了。她知道，只有把他杀了，才能得到永远的幸福。是的，当糸岛大伍回到国内，找到阿繁，站在她面前的时候，就宣告了自己的死亡。”

没有人开口。局长对金田一耕助的每一句都以点头回应。现在糸岛和阿繁都死了，这一切都是金田一耕助的想象，但这想象恐怕正揭露了真相，谁都不能不同意。

风间想再要啤酒，金田一耕助制止道：“不，不用了。没有气的啤酒不那么刺激，对我正合适。”

说着，他抿了一口酒，接着说道：

“那么，我们重新看一下这个案件。这个月二十号的清晨，黑猫酒馆的后院里挖出一具腐烂的女尸。调查结果认为尸体是桑野鲇子，凶手是老板娘阿繁，其丈夫糸岛大伍可能是共犯。风间从阿君的电话里得知此事，不久警方上门，知道了更详细的情况。但是风间当时并不太吃惊。他单纯地认为，阿繁做得出这种事。可是到了二十六号，事态陡然逆转。被杀的不是鲇子，而是阿繁，原先认为被杀的鲇子才是凶手。看到这则报道，风间忽然感到非常不安。他没有想过深入挖掘不安的原因，但总之心里有些放不下的东西，于是马上来找我。他在我面前也说不出不安的原因，不知道该如何说明。我和他交谈的时候，这样分析了他的疑惑：尸体最开始被认为是鲇子，现在又成了阿繁。这么看来，尸体没有明显特征，说是鲇子或阿繁都可以。那为什么不会是鲇子呢？风间的疑惑就在此处。我于是进一步解释，尸体就是鲇子，是阿繁故意想让人认为尸体是自己。我姑且先这样假设。那阿繁为什么要这么做？给我帮助的是阿繁以前的秘密，她需要自己死去，这样就可以从世上抹去自己的存在。这样想来，动机就很充分了。还有，酒馆起居室里女人的真实身份也能说明问题。按照警官先生的说法，是鲇子在伪装。一天两天倒还可以，两周这么长的时间，还是杀人后，没人有这种胆量，太不自然了。不如说这也是阿繁的一个目的，为了让人对起居室里的女人产生怀疑，她当时是故意把脸露出来，这么想很自然。对，屋里的就是阿繁。如果是这样,那么和刚才的假设有什么矛盾的地方吗？有，就是日兆的证词。但这比较烦琐，待会儿再说，我们先无视日兆的证词，继续推演刚才的假设。被杀的是鲇子，凶手是阿繁，糸岛是共犯。这样想下去，就出现了一个疑问：为什么他们要把沾血的榻榻米和拉门留在那里？榻榻米上的血只用薄席子盖着，拉门上只贴了张报纸，早晚会被住进来的人发现的。而且血量相当大，即使尸体不被发现，也会被后来的人怀疑。这么重大的证据，怎么能若无其事地留在那里呢？把拉门上沾血的部分撕破就行，把榻榻米表面撕下来烧掉就可以，很简单的事，他们为什么没有做？我们再看一次阿繁的计划。她想要自己被杀,所以需要尽可能在各处制造杀人证据。因此对她来说，留下血迹可以理解。可糸岛呢？阿繁杀了鲇子，糸岛帮忙埋尸体，然后二人逃跑。这种情况下，糸岛会对血迹漠不关心吗？不会。再进一步说，糸岛如果知道阿繁的计划，即让鲇子做替身、伪装成自己被杀的计划，他会怎么样？不，不，我们不用考虑这种情况，因为糸岛不可能同意阿繁的计划。这样阿繁是安全了，但怀疑就会落到糸岛身上。阿繁死了，糸岛落了个杀妻的名声，这种计划糸岛是不会同意的。这样想来，案件的全部过程都是阿繁一个人在脑中想好，糸岛完全不知情，这样才符合情理。可是，血迹还是有问题。这么多血，糸岛不可能没注意到。而且壁橱前面的榻榻米挪到了墙边，这就必须搬动柜子。阿繁一个人肯定搬不动，肯定要糸岛来帮忙。糸岛是怎么看血迹的呢？想到这里，我忽然想起来那只脖子几乎被砍断的黑猫……”

“啊！”局长、司法主任和村井几乎同时叫出来。局长急促地说道：“知道了，知道了！阿繁为了让糸岛认为那是黑猫的血，把黑猫杀了。”

“是的，是的。”金田一耕助高兴地挠着头，“你们以前认为，那只黑猫是因为杀人时恰好在旁边，结果被误伤。可是，诸位太不了解猫的习性了。世上没有比猫更难杀的动物。我中学的时候有个朋友，非常凶残，猫和狗都敢杀了烤着吃。当然不是风间，请放心。听他说，没有比猫更不干脆的动物。狗只要用棒子打，马上就会死，但猫这东西，无论怎么打，一时半会儿是死不掉的。以为它死了，结果还在翻着眼睛叫，简直没有比这更难对付的东西。这么神通广大的猫，因为杀人案被误伤，实在说不通。而且我看了它的伤口，只能认为是故意杀的。警官先生的意见是猫看到了犯罪过程，主人觉得瘆人就杀了。我最初也这么想，可是那样简直和爱伦·坡的小说一样了。我一直认为被杀的不是阿繁，所以这个问题很困扰我。后来我忽然想明白了：阿繁趁丈夫外出后杀了人，然后又杀了黑猫。等丈夫回来后，就说逗猫的时候忽然被咬了，或者用其他借口，然后就把猫杀了，并给丈夫看黑猫的尸体。阿繁平时就有些歇斯底里，糸岛吃惊归吃惊，但也没有太奇怪。这样，阿繁用杀黑猫的方法把房间里的人血遮掩了过去。更妙的是，她借埋猫让丈夫在后院挖坑，还让丈夫买新猫代替，最终使丈夫越发引人怀疑。她肯定是这么对丈夫说的：我发火杀了黑猫的事不要跟别人说，我可不想被说成是那么残忍的人。你快找只猫来代替，谁也分辨不出黑猫有什么差别，换猫的事也别对别人说。”

“嗯。”局长发出沉重的低吟。司法主任和村井也叹了口气。“原来如此。这样糸岛奇怪的举动就能解释了。他什么都不知道，成了老婆手里的木偶，连那是杀自己的准备活动都不知道……”

“是的。这就是凶手冷血残酷的地方。另一方面，她故意涂抹劣质化妆品，弄出一脸疙瘩，不离开起居室。去年她有过一次经历，所以知道涂哪种化妆品会起疙瘩。对于糸岛来说，老婆脸上起疙瘩是事实，所以她闭门不出也没什么好奇怪的。这时，她提议把酒馆卖掉，搬到远方。不知道她用什么借口让丈夫同意，但维持店里生意的是她，糸岛也只能听她的……到这里，我们暂且换一个焦点，假设被杀的是鲇子，让我们来看看她这个人。我一直对鲇子的存在抱有疑惑。前面说过，阿繁有杀糸岛的动机，可糸岛没有杀阿繁的动机。他像螨虫一样寄生在阿繁身上，靠阿繁吃饭。杀了阿繁，无异于杀鸡取卵。但从表面上看，他却有杀阿繁的动机，即他有了新情妇鲇子。如果没有鲇子，糸岛就没有杀老婆的动机。于是，只有鲇子存在，阿繁被丈夫谋杀才说得通。这不正符合阿繁的计划吗？而且其中应该有阿繁的诡计。我调查了一下鲇子，结果非常模糊。去年五月到六月，鲇子在日华舞厅。可是从辞职到今年正月见到以前的同事为止，其间她干了什么，谁都不知道。可到了今年，她接连被舞女和阿君看到，然后就是这次的犯罪。这也太符合阿繁的计划了。但鲇子确实是存在的，而且和糸岛关系很好，看电影、在井之头进了奇怪的房子都是事实。但是……我想，糸岛这样的男人会勾搭其他女人吗？他不仅要靠老婆吃饭，也非常迷恋老婆。这点酒馆的三个女人都能证实。这种人会有其他女人吗？不过男女关系没有一定之规，糸岛也可能有情妇。可是，阿繁非常嫉妒，这就奇怪了。在我看来，就算丈夫出轨，阿繁也绝对不会嫉妒，顶多冷冷地嘲笑一番。阿繁嫉妒，并且故意在年轻女人面前说出来，这不也是在做戏吗？我询问三个女人当时的情况，得知如下情况：第一，阿繁是今年才开始嫉妒的。第二，阿繁这么说的时候，从未提起过鲇子这个名字，总是说那个女人。第三，当时糸岛似乎非常嗤之以鼻，觉得阿繁在说傻话。综合以上三点，我认为这就是阿繁在做戏。但是，当时我做梦都没想到阿繁会上演这么一出大戏。让我察觉的，不，让我得知这一情况的，是两个人的日记。”

金田一耕助喘了口气，又喝了一口啤酒，接着说道：“日记是指风间和阿君的日记。风间记日记没什么奇怪，但阿君在过去的一年里每天都坚持记日记，非常了不起。日记成了解开案子里最奇怪谜团的唯一线索，所以这个案子的第一功臣当是阿君。黑猫酒馆每个月会停业两三次。但根据阿君去年的日记，阿繁并不是每个休息日都去见风间，一月只去一次。其他时间要么在家，要么和糸岛二人出去玩。从今年开始，阿繁才每次都说去找风间。可是根据风间的日记，他没有那么频繁地见阿繁，还是和去年一样，一个月一次。那么，阿繁去了哪里？更奇怪的是，并不是阿繁一出门，糸岛就也出去。有时候阿繁出门，糸岛还老实待在家里。这种日子就是阿繁真正去见风间的日子。而阿繁去向不明时，糸岛则一定会跟着出门。我找到那个舞女，问她在日本剧场前面见到鲇子的日子，果然也是阿繁去向不明的日子。阿君尾随糸岛并见到鲇子的日子也是如此。注意到这个事实，我非常震惊。阿繁和鲇子是同一个人，她一人分饰两角。虽然我没有直接证据，但想来想去，无论怎么推理，最后都只能得出这个结论。我暂且认为这个推理是正确的，那还有什么矛盾吗？什么都没有。同时见过阿繁和鲇子的只有阿君。阿君是在人群中远远地见过一眼，想要骗过她的眼睛不是难事。阿繁平时梳日式发型，穿朴素的日式服装。相反，鲇子短发，浓妆艳抹。阿君被骗也可以理解。至于其他人，认识阿繁的不认识鲇子，认识鲇子的不认识阿繁。甚至鲇子是和糸岛一起从中国回来的、鲇子是糸岛的情妇等等，都是阿繁说的，没有其他证据。因此，鲇子是阿繁的分身。这样一切才符合情理。阿繁要制造丈夫谋杀自己的假象，必须给丈夫一个动机。注意到这一点时，我被她的险恶用心吓住了，真想蒙上眼睛。我一边推理，一边不敢相信自己的判断。但是，我的假设马上得到了证明。我把松田花子的照片拿给日华舞厅的人看，他们说变了不少，但肯定还是这个人。另一方面，那张照片似乎是阿繁年轻时的照片。这样一来，阿繁一人分饰两角就是不可改变的事实了。”

金田一耕助说到这里，又喘了一口气，盯着装啤酒的玻璃杯。谁都没有说话，无边的沉闷笼罩着房间。不久，局长和司法主任几乎同时开口：

“可是，阿繁怎么向丈夫解释这种奇怪的做法呢？”

“还有，阿繁从去年五月就开始策划这次犯罪了吗？”

“嗯，我认为是这样的。但我要先回答局长的问题。这种事对阿繁来说并不难。她会这么说：最近咱们生活得太闷了，不如再像去年五月那样玩一次。我再装成桑野鲇子，是个有夫之妇，偷偷和你约会。我们都到了倦怠期了，需要些变化，我想尝些新鲜感，就再和我玩一次吧。糸岛已经习惯了阿繁的怪脾气，而且只要是她的命令，糸岛都会遵从。况且糸岛自己未必对这种游戏没兴趣。这样，他就上了阿繁的当。”

“原来如此。”局长思索着，露出佩服的表情。

“接下来说说去年的事。我认为，早在找风间之前，糸岛就找到了阿繁的住所，见过了阿繁。当时阿繁还没有精密的计划，但就像刚才说的，她一看到糸岛，就产生了杀意，无意中做出了有利于后日计划的举动。糸岛出现在她面前时，她隐藏怒气，对糸岛说，我现在有男人了，而且那人很厉害，有一大群手下。如果我和你幽会被他发现，不知道会怎么样。所以你别来这里，我去和你见面……然后她佯言为了躲开风间及其手下，化妆出门，伪装成一个叫桑野鲇子的人。她甚至还说，我们这样继续下去，早晚会被发现，为了留一条后路，我要到舞厅去上班……实际上风间当时对她早没兴趣了，身边还有十三个姨太太呢。”

“别瞎说！”风间脸色极其难看，却也有些发红，他从下往上摸着光滑的脸。

“哈哈，十三个还不够吗？不好意思，不好意思。总之当时风间已经不怎么到阿繁那儿去了，所以阿繁也分身有术。可是逐渐地，阿繁知道了小野千代子这个女人。她发现糸岛和这个女人一起回来，现在还照顾她。其实糸岛照顾小野也是不怀好意，他打算把她卖掉，而阿繁也考虑要利用这个女人。当时阿繁的计划还比较单纯，就是杀死糸岛，让小野千代子顶罪。大概是这样的计划。她想让其他舞女认为她就是小野。关于那个印着首字母C·O的行李箱，我询问了见到过的舞女，据说相当大，而且一看就是女式豪华箱子。但当时的小野千代子脸上涂着泥和煤灰，装成男人，从中国东北南下，不应该带着那样的箱子。所以我在发现阿繁和鲇子是同一人之前，就知道鲇子不是小野千代子。就这样，计划制定好了，可阿繁当时没有实施的勇气。杀人，而且是女人杀男人，是一项大工程。她酝酿着计划，静静地等待时机成熟。这时，她面前出现了一个合适的人，那就是日兆。”

金田一耕助停了下来，好像虫子落在背上一样，身体猛地一颤。众人都阴沉着脸，发出低沉的叹息。金田一耕助接着说道：“大家都知道，黑猫酒馆的起居室拉门的玻璃上贴着纸。但那不是最近才贴上的，而是糸岛夫妇搬来这里不久后贴的。阿君说，那是因为日兆经常从后面的岩崖上偷看老板娘，没办法才贴的。那人有点儿奇怪，也许是个变态。阿繁利用了这点，收他为手下，把他当成犯罪的工具。前面提到，我的假设里唯一矛盾的地方就是日兆的证词。可是，我越来越相信自己的假设，那么只能认为日兆在说谎。我还想过，日兆会不会看到了伪装成鲇子的阿繁，也被骗了呢？即使那样，他的行动也完全符合阿繁的计划。日兆最初的证词被阿为揭穿后，看起来是出于无奈才说了真话。但我想，即使阿为没有揭穿他，他过一阵子也会那么说。还有挖出尸体的时间。如果日兆所言为真，为什么不在黑猫酒馆搬走的十四号或十五号去挖呢？当时房子已经空出来了。那时如果尸体被挖出来，还不会腐烂得那么严重，也许还认得出相貌。反过来想，日兆怕是在等着腐烂得分不出相貌……我十分有把握才说出这番话，那具尸体并不是埋在那个院子。那个院子直到十四号晚上，还只有一只黑猫的尸体。那么，尸体在哪儿？在墓地，就在糸岛的埋尸之处。埋在那里，等脸烂掉，然后到了二十号晚上，终于烂得分不出了，日兆再挖出来，重新埋到酒馆的院子里。长谷川巡查发现日兆时，他不是在挖尸体，而是在埋尸体。他当然知道长谷川每晚都要来巡逻，便故意让对方觉得自己是在挖。”

众人纷纷叹气，心里感到无望的黑暗。

“话题再拉回来，阿繁找到一个合适的共犯，开始修改计划，只过了半年，就比之前的计划精细多了。她首先制造自己被谋杀的假象，然后把嫌疑投向丈夫，再偷偷杀了丈夫，把尸体藏好。这样，她达到了双重目的：既杀了鲇子，又抹去了自己的存在。她选择小野千代子作为这一计划的工具，不，应该说是牺牲品。小野是被糸岛卖掉的，但阿繁知道她的住址。小野被卖掉时，一定会因羞耻而隐姓埋名，就算以后小野的真实姓名被报道出来，她被卖到的地方，即控制私娼的团伙，也不会注意到，所以阿繁大可安心。阿繁通过一人分饰两角，不仅创造了鲇子这个幻影，而且为了看起来更真实，故意表现得很嫉妒。刚才讲过，她嫉妒的时候，从来不提鲇子这个名字，只说那个人或那个女人，让丈夫误认为在说小野千代子，而阿君和其他两个女人却认为是在说鲇子。阿繁用心良苦，这一招确实巧妙。”

金田一耕助又停下来喘了口气，马上接着说：“话有些长了，后面我尽量简单讲讲。不用我说各位也知道，准备工作完成，终于要正式下手了。那个恐怖的二月二十八号，丈夫糸岛出门进货，阿繁把可怜的小野千代子叫到家里，猛地一击把她杀死。我不知道实际下手的是阿繁还是日兆，其实都一样。尸体由日兆背回去，埋进墓地。然后阿繁杀了黑猫，骗过了丈夫。为了给阿君留下印象，她还没忘把鲇子的遮阳伞放在店里的桌子上。随后，她涂上劣质化妆品，让脸上起疙瘩，从此闭门不出。这是第一次杀人，可怕的是，这次杀人不是阿繁的目的，只不过是为第二次杀人做准备。第二次杀人发生在十四号晚上。卖掉酒馆、经过G町驻在所的糸岛和阿繁两人很快来到莲华院。我不知道她是用什么借口把丈夫骗进去的，不过总能找到一个借口吧。糸岛在那里被杀，毫无疑问，是日兆下的手。尸体埋进墓地后，阿繁躲进了莲华院的仓库。俗话说灯下黑，那里真是个绝佳的隐蔽场所。就这样，阿繁和日兆在仓库中开始了奇怪的生活。但是阿繁有一个失误，就是日兆没有看上去那么傻。阿繁一直利用他的不正常，如果是他，多么出格的言行都不会被怀疑。但这次，这种不正常背叛了阿繁。日兆把阿繁当作私有物品，但绝不相信她，所以每次离开仓库都把门锁死，把她关在里面。这导致了阿繁的毁灭。”

金田一耕助说完了。众人一时陷入沉默，面面相觑，连说话都觉得吃力。

“阿繁到底想怎么对待日兆？”过了一会儿，村井问道。

金田一耕助用尽可能平静的语调回答，但声音还是抑制不住颤抖。“反正不会放过他吧。这次的案子不再被关注后，和尚的尸体就会出现在某个地方。那样阿繁就可以高枕无忧地走进新生活了。”然后，他扭头转向局长问道：“日兆怎么样了？”

局长闻言，摇摇头说：“没希望了。昨天到局里后，他发现被骗，忽然发狂。大家上去把他按住，结果他口吐白沫倒下了……他和阿繁奇怪的恋爱生活对他有严重影响，现在意识虽然恢复了，但精神恐怕很难恢复正常了。”

众人叹息后，又是长长的沉默。打破沉闷气氛的是风间充满活力的声音："这么悲惨的案件真让人不好受。就当是除除晦气，我们来点儿热酒吧。"

说完，他拍了拍手。

终章

合上这份黑暗的记录时，我再次展开了金田一耕助的来信。

Y 先生：

这个案件到最后也没有跳出您说的无面尸的模式，但其中加入了一人分饰两角的诡计，让案件更复杂了。您以前说过，一人分饰两角的诡计要隐藏到最后，如果让读者看透，作者就输了。不仅是小说，现实也是如此。鲇子就是阿繁，我看透这一点时，阿繁就完全失败了。我想问一句，Y 先生，您看透这个一人分饰两角的诡计了吗……

老实说，我没有看透。各位读者朋友，你们看透了吗？

HONJIN SATSUJIN JIKEN

First published in JAPAN in 1973 by KADOKAWA CORPORATION, Tokyo.
Chinese translation rights arranged with KADOKAWA CORPORATION, Tokyo through DAIKOUSHA INC., Kawagoe.